Domination érotique et soumission
Vol. 7

Erika Sanders

Série
Collection de domination érotique

Image de couverture : © krivitskiy- Pixabay, 2025

Première édition : 2025

Synopsis

Est une compilation de romans de forte Contenu BDSM érotique appartenant à la collection Domination et soumission érotique, une série de romans à fort contenu BDSM romantique et érotique.

Cette compilation contient les romans:

- Juste des amis?:

- Colocataires femmes:

- Apres la classe:

(Tous les personnages ont 18 ans ou plus)

Note de l'auteure:

Erika Sanders est une écrivaine de renommée internationale, traduite dans plus de vingt langues, qui signe ses écrits les plus érotiques, loin de sa prose habituelle, de son nom de jeune fille.

Indice:

DOMINATION ÉROTIQUE ET SOUMISSION VOL. 7
ERIKA SANDERS

JUSTE DES AMIS? DOMINATION DU CFNM

CHAPITRE 1

Nancy était assise sur le canapé, le cœur battant.

Mais elle ne pleurait toujours pas.

Assis à côté de lui, Bob se demanda si cela allait changer.

Regardant toujours la fichue photo sur son téléphone, Nancy a demandé à Bob:

"Pensez-vous que ses seins sont faux?"

"Pas aussi faux que ses ongles," dit Bob, essayant de garder les choses aussi légères que possible.

"Ils pourraient être réels", a déclaré Nancy, se rapprochant pour mieux voir.

"Ses seins ou ses ongles?"

"Ses seins. Ses ongles peuvent être réels aussi. Avez-vous déjà remarqué les ongles de Julia? Les siens sont réels."

"D'accord," dit Bob avec un signe de tête et un haussement d'épaules.

Il n'allait pas se disputer avec Nancy, pas pendant qu'elle s'occupait d'une photo comme celle-là.

«Est-ce que Chris t'a envoyé cette photo?

"Ouais, mais pourquoi Andy l'enverrait-il à Chris?" Se demanda Nancy.

"Le droit de se vanter."

"Pensez-vous que Chris a des photos de moi sur son téléphone?"

«Avez-vous déjà laissé Andy prendre des photos de vous?

Nancy renifla.

"Il a essayé de le faire une fois et j'ai pris le téléphone de sa main."

"Tant mieux pour vous," dit Bob, souriant d'un air approbateur.

Bob lui avait expliqué il y a longtemps pourquoi il n'y avait jamais de bonne raison de laisser un homme prendre une photo compromettante de lui.

Les gars ne peuvent pas garder de photos de ce genre pour eux-mêmes.

"Elle semble être le type de fille qui apparaît sur de nombreux téléphones."

"Ouais, elle ressemble à une vraie fêtarde," dit Nancy, fixant toujours son téléphone. "Peut-être qu'elle était avec lui lors d'une soirée? Andy aurait pu être ivre ou quelque chose comme ça."

"Peut-être," admit Bob, ne se disputant toujours pas avec elle. "Tu sais ce qui se passe quand je me saoule."

Nancy hocha la tête avant de faire un trou dans sa théorie.

"Sauf qu'Andy ne s'évanouit pas comme toi."

«Je ne m'évanouis pas toujours», se plaignit Bob.

"Non, mais c'est amusant quand tu le fais," dit Nancy avec un sourire.

Elle lui tapota le genou et lui fit savoir qu'elle se moquait de lui.

"Et je n'ai pas fait ça depuis des années."

«Est-il plus sexy que moi?

"Pas du tout," dit Bob.

"Avez-vous remarqué son bronzage? C'est un faux bronzage au cas où j'en verrais jamais un. Et ses cheveux? Qui obtient aussi des reflets peu brillants?"

«Je suis sûr qu'Andy ne s'en est pas rendu compte. Bob n'avait pas remarqué.

"C'est probablement une prostituée effrontée."

"Si possible".

«Vous voulez connaître la partie ironique? Avant qu'Andy ne parte en voyage, j'ai décidé que je resterais fidèle à lui tout le temps jusqu'à son retour.

"Est-ce que rester fidèle est un problème pour vous?" demanda-t-il, pensant aux années depuis qu'il la connaissait.

D'après ce dont elle se souvenait, Nancy n'avait qu'un seul petit ami à la fois.

Sauf quand Bob l'avait rencontrée pour la première fois.

Nancy n'avait pas de petit ami lorsqu'elle a été transférée dans son district scolaire.

Elle était une élève maigre de huitième avec des accolades, des cheveux verts, un plâtre sur son bras gauche et aucun ami au monde.

Elle était tombée dans le seul siège vide de l'autobus scolaire, c'est pourquoi elle s'était assise à côté d'un gamin ringard que tout le monde ignorait.

Après s'être assise, elle baissa la tête pour que ses cheveux verts couvrent son visage.

Bob se serait occupé de ses affaires, sauf que Nancy cherchait quelque chose dans ses livres.

Sans réfléchir, il l'aida et gagna un sourire reconnaissant, puis ressentit une étrange sensation dans son estomac.

Ce jour-là a commencé une amitié qui a duré toutes ces années et la malchance de Nancy.

Pendant l'été, ses bretelles ont été enlevées et ses cheveux sont revenus à leur blonde naturelle.

Au moment où elle a commencé le lycée, Nancy s'était transformée en un magnifique cygne et Bob est devenu son meilleur ami geek, toujours prêt à l'aider pendant que Nancy tombait amoureuse de belles personnes.

«Je ne crois pas aux relations à distance», a-t-il expliqué. «Tu te souviens de Darry?

Bob hocha la tête.

Elle et Darry étaient le couple le plus populaire de l'année écoulée.

"J'ai rompu avec lui parce que je ne voulais pas m'inquiéter de ce qu'il faisait à l'université."

"Ou ce que tu allais faire à l'université," fit remarquer Bob.

En déduisant le "stade de pute" dans sa phrase, il lui valut un sourire malicieux et un petit signe de tête.

"Rester fidèle est plus facile quand on peut se voir tous les deux." Il regarda la fichue photo d'Andy.

La femme, quelle qu'elle soit, était allongée sur le dos, souriant à la caméra.

Elle tenait ses seins pressés, enfermés autour de l'érection d'Andy.

Des gouttes humides ont éclaboussé son cou et son menton.

Aucun de nous n'a eu à deviner la source de ces éclaboussures blanches crémeuses.

«Peut-être que nous devrions te saouler et ensuite je pourrai prendre des photos à envoyer à Andy.

Bob pâlit.

"Vous êtes censé envoyer des photos comme ça à vos amis, pas à votre petit-ami."

"Petit ami?" Dit-elle en fronçant les sourcils en retournant à son téléphone.

"Vous devriez supprimer cette image", a suggéré Bob.

Elle secoua la tête.

«Au moins arrête de la regarder.

"Je ne peux pas m'en empêcher," dit-il, l'air très triste.

La façon dont ses cheveux tombaient sur son visage lui rappelait la jeune fille maigre aux cheveux verts qu'il avait rencontrée dans un bus scolaire.

"Pour."

Bob a ramené ses cheveux derrière une oreille avant de placer sa main sur le téléphone et de cacher l'image.

Elle posa son autre main sur la sienne.

«Tu sais que tu es mon meilleur ami, non?

"Et tu es mienne."

Bob lui prit le téléphone et remplit ses mains des siennes.

Pendant un long moment, ils se regardèrent avec des yeux tristes.

Nancy était triste de la fin de leur relation et Bob était triste de la perte de son ami.

"S'il est important pour vous, vous pouvez continuer à lui être fidèle jusqu'à ce qu'il rentre à la maison."

"Ou je peux le faire," dit-elle, s'avançant et pressant ses lèvres contre les siennes.

Et ce n'était pas un baiser amical.

CHAPITRE 2

"WOW," dit Bob, reculant un moment avant de franchir une ligne que les amis ne franchissent jamais.

"Ça faisait du bien", a déclaré Nancy avec un demi-sourire.

Elle pressa à nouveau ses lèvres contre les siennes, s'appuyant contre lui jusqu'à ce qu'il soit coincé entre elle et le dossier du canapé.

Ils s'embrassèrent jusqu'à ce que leurs lèvres se séparent et que leurs langues commencent à se caresser.

Ils se sont embrassés longtemps avant que Nancy ne s'éloigne.

Les yeux écarquillés, elle tapota ses lèvres humides comme pour s'assurer qu'elles lui appartenaient vraiment.

"Wow, tu n'étais pas censé être bon pour ça."

"Pourquoi pas?" Bob a demandé, avec un soupçon de sourire.

"Parce que t'embrasser est censé être comme vouloir embrasser mon frère."

"Vous n'avez pas de frères".

"Tu comprends ce que je veux dire," dit-elle, toujours surprise. "Nous ne devons plus jamais refaire ça."

"Oui," acquiesça-t-il.

Les amis ne s'embrassent pas, et si leurs lèvres se rencontrent, ils n'ouvrent pas la bouche pour plus.

"Plus jamais après cette heure," dit Nancy, mettant sa main derrière sa tête et le poussant en avant pour un autre baiser.

De nouveau, leurs lèvres se sont entrouvertes et leurs langues se sont rencontrées.

Ce baiser dura encore plus longtemps que l'autre avant de s'éloigner.

"Arrête d'être si bon dans ce domaine, tu sais que j'ai un petit ami!"

"Un horrible petit ami qui vous trompe."

"Peut-être que c'était juste une soirée," souffla-t-elle, s'asseyant et croisant les bras juste sous ses seins.

"Ou peut-être que Chris veut entrer dans ta culotte," dit Bob, désignant une partie de l'équation dont ils n'avaient pas discuté.

"Pourquoi dis tu ça?"

"Pourquoi est-ce que je partagerais cette photo avec vous?" Bob lui a demandé. «C'est toujours la petite amie de ton ami avant la fille chaude, à moins que tu ne veuilles cette fille chaude, et puis c'est 'Fuck my friend.'

"Tu m'appelles hot babe?"

"Jamais", a promis Bob.

"Pourquoi tu n'as pas de petite amie de toute façon?"

Bob est devenu nerveux.

"Choses de la vie."

"Vous êtes un gars formidable. Vous devriez avoir des femmes alignées qui veulent sortir avec vous."

"Sauf que les filles aiment les mauvais garçons et moi pas."

"Ce n'est pas vraiment vrai," insista Nancy, même si son ton semblait aussi faible que son déni. "Eh bien, pas toutes les femmes et pas tout le temps."

«Peut-être que tu peux lancer une rumeur sur moi. Tu peux dire à tes amis que je suis un super embrasseur et que j'ai une bonne bite.

"Gros, mais pas trop", dit-il.

"Comme tu le sais?" demanda-t-il, ignorant le commentaire frivole.

Et avec un grand sourire, il lui a fait une offre.

«Embrasse-moi encore et peut-être que je te le montrerai.

"Ce n'est pas nécessaire, c'est vu." Nancy fixa ses genoux pendant un moment avant de se retenir et de retourner son regard sur son visage. "Est-ce que m'embrasser vous rend difficile?"

"Comment ne pourais-je pas."

Nancy replia ses jambes sous elle et se redressa.

Le regard de Bob se posa sur sa poitrine, remarquant et appréciant à quel point sa nouvelle position accentuait ses seins.

«Disons que nous nous embrassons à nouveau et que tu deviens dur, tu me montreras vraiment?

"Je ne sais pas, peut-être," murmura-t-il, s'assurant de ne plus regarder ses seins.

Avec un sourire malicieux, Nancy passa ses doigts dans les cheveux de Bob.

"Et si je vous rendais vraiment, vraiment difficile?"

«Je suppose...» dit-il, cherchant la bonne réponse à une très mauvaise pensée.

Bob reconnut le léger plissement de ses yeux sur son sourire enjoué.

Il avait passé trop d'années à la regarder de l'autre côté d'une pièce et il savait qu'il ne pouvait pas faire confiance à cette expression particulière.

Elle regarda délibérément ses genoux à nouveau avant de le regarder à nouveau.

"Alors on s'embrasse, tu deviens dur, tu me montres, et c'est tout?"

"Si je deviens dur, je pourrais en vouloir plus."

"Techniquement, j'ai toujours un petit ami."

"Officiellement, nous ne savons pas."

"Mais je n'abandonnerai pas de prétendre être sa petite amie jusqu'à ce que je le revoie."

«Mais est-ce que m'embrasser et me voir nue, ça va? Je demande.

«Nue et dure», dit-elle en se léchant les lèvres et en plaçant sa langue entre ses dents.

"Et si je veux aussi un orgasme?"

"Je vais vous voir en donner un."

Bob a ri.

"Est-ce que c'est permis aussi?"

"Rien de tout cela n'est" autorisé ". Et rien de tout cela ne se produira si vous continuez à en parler. Prenez une chance, Bobbie. Lâchez-le et voyez où cela va, c'est tout ce que je dis."

Bob regarda son ami, son meilleur ami, une femme qu'il connaissait depuis plus longtemps que quiconque dans sa vie.

Il ne savait pas pourquoi ils étaient restés les meilleurs amis, sauf qu'ils avaient maintenu en toute sécurité une politique de non-sens l'un avec l'autre.

Ils étaient toujours là l'un pour l'autre quand l'autre en avait besoin.

Elle avait rencontré toutes ses copines.

Il avait rencontré tous ses petits amis.

Il lui avait même parlé de ses quelques aventures d'un soir.

Leur nombre était nettement inférieur au sien.

Il savait qu'il pouvait lui demander n'importe quoi et elle lui donnerait une réponse honnête.

Cela avait toujours fonctionné en sens inverse.

Pourtant, il n'y avait qu'une seule question qu'ils ne se posaient jamais: pourquoi ne sont-ils pas sortis ensemble?

Il connaissait les raisons.

Il n'était pas assez beau.

Il ne conduisait pas une nouvelle voiture de luxe.

Son sens de la mode dépassait rarement le jean et le t-shirt.

Il économisait son argent au lieu de le dépenser en cadeaux somptueux ou en dîners raffinés.

Il n'avait pas la chance d'avoir une langue astucieuse et la capacité de séduire avec une seule ligne bien parlée.

Des filles comme Nancy ne sortaient pas avec des geeks comme lui et il n'avait jamais demandé d'explication.

Il était heureux d'être son ami, un véritable ami, un sans conditions.

"Serions-nous toujours amis si quelque chose se passe?"

"Peut-être," dit-elle, montrant le même sourire enjoué qu'elle avait utilisé plus tôt, le sourire rusé auquel elle savait ne pas avoir confiance.

Elle le testait, le forçant à moins réfléchir et à agir plus.

«Je te déteste,» dit-il, l'attirant plus près et pressant ses lèvres contre les siennes, lui prenant un baiser au lieu de réagir à celui qu'elle avait initié.

Quand leurs lèvres se sont ouvertes, il savait qu'il ne pouvait pas voler quelque chose librement offert.

Il se détendit, libérant ses craintes de ce qui se passerait si leurs lèvres étaient réunies.

Vrai ou faux, cela se produisait et ils l'approuvaient tous les deux.

CHAPITRE 3

Un léger gémissement passa de la bouche de Nancy à la sienne et elle sentit sa passion monter.

Il lui caressa le dos, glissant sa main le long de son cou et perdant ses doigts dans la crinière de ses doux cheveux blonds.

Nancy gémit à nouveau, l'embrassant plus chaleureusement alors que Bob se demandait quoi faire de son autre main.

Il la garda en sécurité sur son épaule, résistant à l'envie de la glisser le long de sa poitrine et de prendre ses seins.

Il ne risquerait pas de briser le sort qui leur était tombé dessus.

"Comment ça va?" murmura-t-elle, posant la question avec ses lèvres toujours en contact avec lui.

"Bien," avoua-t-il, ressentant une pointe d'embarras quand son baiser commença à faire de la magie dans d'autres endroits également.

«Vous devenez dur?

"Pourquoi tu ne le vérifies pas?" demanda-t-il en se tortillant.

"Ce n'est pas notre affaire", a-t-il déclaré. «Je viens de m'embrasser, tu te souviens?

«Nous devrions arrêter,» murmura-t-il, gardant un contact constant avec sa bouche.

"Non," dit-elle, mettant une main derrière sa tête et le gardant enfermé dans son baiser.

Sa petite main caressa le côté de son visage et il sentit son sang bouillir.

C'était mauvais, très mauvais.

Les amis ne doivent pas s'embrasser comme ceux qui veulent être amoureux.

Il ne devrait pas être dur devant elle.

Ils devraient s'arrêter.

Il l'embrassa à nouveau jusqu'à ce qu'il sente Nancy s'éloigner.

Elle regarda ses genoux et demanda:

"C'est tout à toi?"

"Une partie est une chaussette que j'ai glissée dans mon pantalon avant que tu n'arrives."

Ses yeux s'écarquillèrent de surprise lorsqu'il déplaça son regard sur son visage.

Elle ne s'attendait pas à sa sortie humoristique.

"Maintenant tu vas devoir me montrer, idiot."

"Non, je ne le ferai pas." Il s'arrêta pour goûter à nouveau sa douceur.

Nancy s'écarta.

"Mais tu as promis et ça fait des mois que j'en ai vu un dans la vraie vie."

«Embrasse-moi et je le ferai», dit-il, croyant mentir.

Elle lui lança un regard mesuré avant de l'embrasser à nouveau.

Elle retira sa main de son épaule et la plaça entre ses jambes.

Il savait à quoi elle s'attendait.

Bob a mis en coupe le gros renflement qui apparaissait à l'intérieur de son jean pour attirer plus d'attention et s'est attaqué à la question du bien ou du mal.

Chaque partie de lui voulait avancer, sauf que les choses changeraient à jamais entre elles s'il le faisait.

Ils ne pourraient jamais revenir à ce qu'ils avaient été.

Cela pourrait briser une amitié qui avait duré une décennie.

Il ne le ferait pas.

Ça ne devrait pas.

Sauf que la passion ne reconnaît pas les arguments de la raison.

Il déboutonna le bouton du haut de son jean.

"Fais-le," murmura-t-elle. "Montre moi."

Cherchait-elle?

Est-ce qu'il s'embrassait les yeux ouverts, regardant au-delà de sa joue et en regardant sa main?

"C'est dommage," s'inquiéta-t-il sans un mot, poussant à l'intérieur de l'ouverture de son boxer et retirant son érection, l'exposant à la vue du monde entier, même si son monde ne comprenait qu'elle.

Nancy rompit leur baiser et regarda la longue et dure masculinité dans sa main.

Elle sourit d'une oreille à l'autre, les yeux écarquillés et le genre d'expression que l'on supposerait réserver quand elle rencontra de façon inattendue une célébrité préférée dans un magasin de vingt-quatre heures.

"Maintenant que vous l'avez vue," dit-il, immédiatement embarrassé et regrettant sa décision.

Il a recommencé à le ranger pour elle.

"Mais je veux aussi la voir descendre," insista-t-elle, tirant fort sur son bras et l'empêchant de se couvrir.

«Perverti,» taquina-t-il avec espièglerie.

"Ensuite?" demanda-t-elle en riant avec lui.

Nancy enroula ses deux bras autour du bras de Bob, le tenant contre son corps alors qu'il luttait pour refaire son pantalon.

Bob trouvait plus facile de se déshabiller d'une seule main que de faire le contraire.

Il réussit à rentrer son érection dans le revers de son sous-vêtement et rien d'autre.

Souriant, ils se regardèrent, reconnaissant qu'ils étaient stupides et en profitaient.

"Tu devrais m'embrasser à nouveau."

"Tu veux juste me revoir nue."

"Probablement," admit-il, pressant à nouveau ses lèvres.

Alors qu'ils s'embrassaient, elle ouvrit son pantalon.

"Qu'es-tu en train de faire?" demanda-t-il en gardant ses lèvres près des siennes.

"Je veux la revoir."

"Non," dit Bob, bien qu'il n'ait pas arrêté sa traction.

"Oui," insista-t-elle, ramenant son jean au milieu de ses fesses.

Elle accrocha son pouce à l'intérieur de la ceinture de son boxer, les forçant également à descendre.

"Nancy, s'il vous plaît," supplia-t-il, prêt à l'aider ou à l'arrêter. "Nous ne pouvons pas".

Elle s'écarta de son baiser, le regarda droit dans les yeux et dit une vérité très simple:

"Non, nous ne devrions pas, mais rien ne dit que nous ne pouvons pas."

CHAPITRE 4

Bob cligna des yeux et essaya de trouver la faute dans son raisonnement.

Son esprit rapide et hautement analytique ne lui a donné qu'une seule raison.

"Tu es plus important pour moi qu'un orgasme."

"Je ressens la même chose." Elle a travaillé avec ses sous-vêtements pour les abaisser. "Alors c'est bien."

"Parce que nous sommes des amis?" demanda-t-il en couvrant sa nudité des deux mains.

"Parce que notre amitié ne laissera pas quelque chose comme ça se mettre en travers de leur chemin," dit-il en repoussant une de ses mains. "Maintenant, donnez-moi un bon spectacle."

Avant que Bob ne puisse objecter, elle pressa sa bouche contre la sienne, le laissant sans autre choix que de gémir.

S'il se plaignait, elle ne semblait pas s'en soucier.

Les baisers de Nancy étaient plus profonds et plus passionnés que jamais.

Son sexe gonflé avait besoin d'attention.

Pourquoi ne céderiez-vous pas à vos souhaits?

Si c'était quelque chose qu'elle voulait, pourquoi ne le suivrait-elle pas?

Qui privait-il d'un bon moment?

Il frotta son érection plusieurs fois, Nancy gémit et savait qu'elle regardait.

"S'il te plaît, ne t'arrête pas," dit-elle, brisant son baiser pour mieux voir.

"Je ne le ferai pas, sauf que j'ai un problème." Elle le regarda perplexe. "Je suis droitier," expliqua-t-il, tirant le bras qu'il tenait toujours contre son corps.

"Désolé," murmura-t-il, mettant un bras autour de ses épaules alors qu'elle le regardait caresser sa longue bite dure.

Il sentit ses seins contre son bras et cela alimenta son besoin.

Pendant quelques instants, il a regardé avant de dire: «C'est très sexy».

Elle l'embrassa à nouveau, pas si longtemps, mais tout aussi profondément.

"Je n'ai jamais vu un garçon lui faire ça."

«Ils ne m'ont jamais vu le faire non plus», a-t-il avoué, se sentant déplacé, comme s'il brisait trop de tabous à la fois.

«Vous n'allez pas vous arrêter, n'est-ce pas?

"Je n'y pensais pas." L'idée de s'arrêter avant l'orgasme ne lui était jamais venue.

"Bien, parce que je veux le voir. Je veux te voir avoir un orgasme."

"C'est fou," marmonna-t-il.

"Mais c'est amusant n'est-ce pas?" demanda-t-elle en caressant sa cuisse nue.

"Vous pouvez aider si vous le souhaitez."

"Non, je veux juste regarder," dit-il, tout en gardant sa main sur sa cuisse.

Savait-elle que cela aidait?

«Pouvons-nous nous embrasser encore?

Elle se pencha et l'embrassa à nouveau.

Bob se pencha en arrière, se relaxant et se fondant dans son baiser.

Nancy avait toujours été hors de portée, trop jolie et socialement bien connectée, impossible pour quelqu'un comme lui.

Autant Bob était désolé pour elle, autant il savait que leur amitié était tout ce qu'il aurait.

Les filles comme Nancy ne sortaient pas avec des gars geek comme lui.

"Je me rapproche," gémit-il, tirant sur le bas de sa chemise et exposant son ventre.

"Hm, j'aime ton ventre," dit-il en caressant sa nouvelle chair.

"Surtout cette partie." Il chatouilla la racine des cheveux qui descendait de son nombril jusqu'à ce qu'elle atteigne ses poils pubiens. «Vous faites de l'exercice, non?

«Quelque chose», gémit-il, se rapprochant de ce bord déchiré du non-retour.

Ce n'était pas un rat de gym.

Ses séances d'entraînement consistaient en cinquante squats et cinquante pompes chaque matin, en plus de courir quelques kilomètres tous les deux jours.

Il savait qu'il ne serait jamais l'Adonis musclé qu'elle méritait.

"Fais-le," ronronna-t-elle, l'embrassant brièvement. "Je veux le voir."

Bob a été emporté dans un tourbillon alimenté par la luxure, le besoin refoulé, les désirs tacites et le bonheur que son meilleur ami semblait heureux aussi.

Il s'abandonna à la magie du moment, prenant une profonde inspiration avant que sa libération ne commence.

Son sexe a explosé avec la joie de la libération, tirant et pulvérisant une longue et épaisse mèche de son sperme blanc chaud plus longtemps qu'il ne l'avait prévu.

Son sperme a ensuite éclaboussé sur sa chemise froissée, atterrissant sur sa poitrine.

Chaque bourgeon suivant suivait le même chemin avec la même étendue jusqu'à ce qu'une longue ligne d'humidité blanche laiteuse conduise de sa poitrine à la tête de sa bite dure.

"Oh merde, c'est sexy!" Nancy poussa un cri, rebondissant de joie. "C'est peut-être la chose la plus sexy que j'aie jamais vue! Merci!"

Elle a commencé à éclabousser son visage avec plus de baisers en succession rapide, tellement nombreux que c'était amusant pour eux deux.

«Alors c'était amusant? demanda-t-il, comprenant délibérément sa réaction.

"C'était incroyable!" Elle poussa un cri avant de faire quelque chose auquel il ne s'attendait pas.

Il prit une poignée de sperme de son estomac et la mit dans sa bouche.

"Et c'est savoureux aussi."

«Est-ce que tu essaies de me le faire faire une deuxième fois?

"Tu plaisantes?" Il rit, ramassant du sperme avec un autre doigt et le nourrissant. "Tu vois? C'est délicieux n'est-ce pas?"

"Wow," dit-il avec un regard surpris. «Alors c'est juste arrivé.

"Quoi? Vous n'avez jamais fait vos preuves?" demanda-t-elle, passant son doigt dans une flaque de sperme comme si elle se peignait au doigt.

"Toi oui?"

«Je le fais tout le temps», dit-il en riant. "Mais j'aime mieux les garçons, ils savent mieux." Il se lécha le doigt avant de revenir pour en savoir plus.

«Puis-je m'habiller maintenant?

"Peut-être," dit-elle, bien qu'elle ne se soit pas éloignée de lui.

Au lieu de cela, elle le garda poussé contre le canapé alors qu'elle jouait avec le désordre dans son estomac et regardait sa virilité.

"Est-ce que quelqu'un t'a déjà dit que tu avais une grosse bite?"

"Pas que je me souvienne."

"Eh bien, vous l'avez, et c'est super aussi."

«Grand, mais pas trop grand», dit-il, répétant ses paroles plus tôt.

Il s'est excusé.

Quelques instants plus tard, il est revenu propre et vêtu d'une nouvelle chemise.

Il se laissa tomber à côté d'elle sur le canapé et ils échangèrent des sourires incertains.

"Nous sommes bien?"

Elle acquiesça.

"Toujours meilleurs amis, je dois y aller."

"A cause de ce qui vient de se passer?"

"Non, parce que je dois travailler le matin et qu'il se fait tard," dit-elle en frottant ses lèvres contre les siennes avant de se lever. "Et je pourrais avoir besoin de m'amuser un peu tout seul."

«Vous vous êtes réchauffé», dit-il en la suivant jusqu'à la porte.

"Probablement," admit-elle, s'arrêtant pour le regarder de haut en bas avant d'ouvrir la porte et de partir.

CHAPITRE 5

Nancy a suggéré un déjeuner dans un fast-food.

Bob a reconnu qu'il avait nommé son plat réconfortant préféré.

Elle l'accueillit à la porte avec un grand sourire auquel il ne s'attendait pas.

"Je suis désolée," dit-elle après l'avoir regardé de haut en bas et avant de lui donner un baiser poli sur la joue. "Je pensais à la nuit dernière."

"On va toujours bien?" Je demande.

"Bien sûr," dit-elle. "Mais tu ne pourras plus jamais m'embrasser. Tu es dangereux."

"Je?" se moqua-t-il en riant. "Vous avez commencé!"

"Peut-être," autorisa-t-elle, s'arrêtant pour faire sa demande.

Ils ont pris des tasses, ont visité la station de boissons et se sont assis à une table loin de tout le monde.

"Est-ce que ça va si nous parlons encore d'Andy?"

"Tout ce que tu veux," lui assura-t-il.

"Pensez-vous que c'est mal qu'il me manque encore?"

"Réelement non." Il haussa les épaules. "Tu es avec lui depuis presque un an. Je pense qu'il te manquera."

«Mais il me trompe», dit-elle, jouant son rôle d'empirer.

"Cela aurait pu être une aventure d'un soir."

"Et si ce n'était pas le cas?"

"Et si c'était le cas?" demanda-t-il, jouant pour elle l'avocat du diable.

Ils ont arrêté de parler pendant qu'un employé livrait leur nourriture.

«Vous sentez-vous coupable de la nuit dernière?

"Pourquoi? Il ne s'est rien passé. Je veux dire, pas vraiment, tu comprends?"

Bob hocha la tête.

Mais ce n'était pas comme ça pour lui.

"Nous n'avons rien fait", a insisté Nancy. «Je veux dire, bien sûr, nous nous embrassons, mais alors quoi?

"Pensez-vous qu'Andy approuverait?"

"Va te faire foutre," se plaignit Nancy. "Je ne t'ai pas embrassé à cause de ce que fait Andy." Il a pris une bouchée de nourriture. "Et je suis content de t'avoir embrassé. Tu embrasses incroyable."

«Assurez-vous de le dire à vos amis», a plaisanté Bob.

«Puis-je vous dire le reste aussi? Demanda Nancy, montrant à nouveau un sourire.

"Vous voudrez peut-être garder cette partie pour vous-même."

"Le regrettez-vous?"

"C'est bizarre de savoir que tu m'as vu comme ça."

«J'ai bien aimé», insista-t-elle avec une lueur espiègle dans les yeux. "Je veux le refaire."

"Sauf que tu as un petit ami."

"Je peux encore regarder, non?"

"Je suppose," dit Bob en riant.

"Et si je voulais faire plus que simplement regarder?"

"Tentant, sauf que tu as toujours un petit ami."

Nancy pencha la tête, y réfléchissant un long moment avant de repousser son assiette vide.

"Tu vois? Juste là, c'est pourquoi je t'aime tellement."

«Parce que je sais que tu as un petit ami?

"Parce que cela signifie quelque chose pour toi."

"Ne testez pas trop cette théorie," l'avertit-il et le pensait.

«Je suis censé rencontrer des amis du travail pour boire un verre ce soir, tu viendrais avec moi?

"On dirait que vous me demandez de sortir," dit Bob.

«En fait, j'espère que vous me protégez de Chris. Putain, il s'énerve. Il me traque depuis le départ d'Andy et ça ne fait qu'empirer.

"Il enfreint vraiment le code ami."

Une pensée ennuyeuse vint à Bob, une pensée qu'il voulait garder pour lui, sauf qu'il ne pouvait pas.

"Et si Chris avait déjà cette photo d'Andy sur son téléphone? Et si c'était avant qu'Andy ne commence à sortir avec toi?"

"Ne fais pas de bêtises!" Dit Nancy en sortant son téléphone et en ouvrant à nouveau cette fichue image.

Il a étalé l'image et étudié ses détails.

Malheureusement, il n'y avait pas beaucoup de détails à voir à part Andy, son rendez-vous et le lit.

«Je suis fatigué de regarder cette photo», se plaignit-il.

Finalement, elle arrêta de scruter et porta un regard victorieux sur son visage en désignant le dossier sur la table de chevet.

"C'est le même dossier qu'ils m'ont donné lorsque j'ai suivi cette formation l'année dernière."

«Alors je suppose que c'est vrai», dit Bob, se sentant mal pour son ami alors qu'il voyait la déception remplacer le plaisir de son éclair de découverte. "Désolé. Je n'aurais pas dû le signaler."

"Non, ça va," dit-il, en regardant à nouveau l'image entière. "Tu essayais de défendre Andy, pas de le jeter sous le bus."

"Ouais, je suis juste stupide comme ça."

«Ce n'est pas stupide, ça s'appelle être une amie. Je t'embrasserais, sauf...» Elle s'interrompit, ne finissant pas sa suggestion.

"Sauf que tu as un petit ami."

"En fait, j'allais dire: sauf peut-être que je ne veux pas m'arrêter."

"Et vous avez un petit ami," insista Bob.

"Encore quelques semaines," dit-il en rangeant son téléphone. «Alors, tu viendras boire avec moi ce soir?

«Tu me fais assez confiance pour ça?

Elle a ri.

«Et tu me fais confiance? Peut-être que je veux te revoir nue.

"Tu veux m'ennuyer."

"Peut-être," dit-il avec un clin d'œil espiègle. Bob aurait aimé comprendre ce que signifiait ce clin d'œil. Jouait-il à des jeux ou flirtait-il?

CHAPITRE 6

Par souci d'apparence, Bob s'est rendu sur les lieux sans proposer de venir chercher Nancy pour elle.

Ils étaient amis et rien de plus, mais d'autres personnes avaient du mal à comprendre la différence.

Pour la même raison, Bob était un peu en retard.

En parcourant les lieux, il a observé la scène.

Des amis du lieu de travail de Nancy occupaient l'espace central autour du bar.

Il a vu des visages qu'il a reconnus lors de rencontres similaires.

Il a également rendu son sourire aux personnes qui le reconnaissaient vaguement.

Il vit Any et Julia assis dans une cabine et savait que Nancy ne serait pas loin de ses deux amis.

"Bob!" Tout criait dès qu'elle le voyait.

Elle a sauté hors du stand et lui a donné un câlin d'ours.

«Nancy a dit que tu serais là.

«Je suis, mais où est-elle ? Il a demandé, échangeant des câlins et des baisers aériens avec les deux femmes.

"Au bar, à côté de Chris," dit Julia. "Il travaille dur."

"Alors j'ai écouté", a déclaré Bob. "Elle m'a demandé de bloquer sa bite."

"Tu es une si bonne amie," dit Any avec une expression d'admiration dans les yeux. "Nous l'avons essayé nous-mêmes, mais Chris nous assomme."

"Je pense qu'il lui a montré une autre photo," proposa Julia.

"Je ne comprends pas ça. Pourquoi ?" Tout dit.

"Oh, ce sont des gars. Ils étaient dans la même fraternité à l'université, donc ils sont proches."

"Je suppose," admit Bob, se rendant compte que Julia faisait référence à un monde qu'elle n'avait jamais compris.

Il a accepté sa place dans la vie de geek entouré d'amis pour la plupart geek.

Une fois, Nancy l'avait accompagné à une fête à son travail et avait ri à la vue de tant de personnes maigres à lunettes dans une pièce.

Bob s'est approché du bar avec son ami.

"Bonjour," dit-il.

Il fit un signe de tête à Chris.

"Salut beauté!" Nancy réussit un grand sourire avant d'embrasser sa joue.

Par-dessus son épaule, il a vu Chris l'évaluer sans obtenir suffisamment d'informations pour parvenir à une conclusion valable.

"Julia est assise dans une cabine," dit Nancy en lui saisissant la main et en l'éloignant.

Une fois qu'ils ont été hors de portée de voix de Chris, elle a expliqué:

«J'ai dit à Chris que je t'attendais pour que je puisse partir sans qu'il soit contrarié.

CHAPITRE 7

Ils ont passé une heure à boire et à rire, surtout à propos du regard vigilant que Chris gardait sur le quatuor.

Bob s'est bien amusé, a bu une bière et l'a fait durer.

Ni Nancy ni Julia n'ont montré la même retenue.

"Je suppose que vous êtes le chauffeur désigné?" Bob a demandé à Any.

"Oui," dit-il avec un soupir.

Quand Julia s'est soûlée, elle s'est davantage intéressée à Bob.

C'était un schéma qu'il avait déjà répété avant cette nuit.

"Tu es si mignon," dit-elle en se balançant à son bras.

Bob a demandé de l'aide à Nancy.

Bien que Julia soit jolie, elle était collante et un peu maladroite, deux traits qui l'ont découragée.

"Tu penses?" Nancy a lancé. "Et il embrasse aussi très bien."

"Je pensais que vous n'étiez que des amis?" Demanda Julia, confuse.

"Meilleurs amis", a déclaré Nancy. "Tu as de la chance que j'ai déjà un petit ami."

«Un petit-ami?» Dit-on en ouvrant les yeux. "Est-ce que Chris t'a montré une autre photo?"

"Il m'a montré beaucoup de photos. Apparemment, il a toute une collection qu'Andy lui a envoyée d'autres femmes."

«Quel pervers! Tout dit, faisant écho aux opinions de tous les autres à la table.

"Damn frat boys", ajouta Julia avant que les trois femmes ne soient furieuses de voir à quel point presque tous les garçons étaient idiots et indignes d'eux.

"Tu vois ce qui se passe si tu ne respectes pas notre fille?" Tout a demandé à Bob.

"Je ne ferais jamais ça," dit-il confus. "En plus, nous ne sommes que amis."

"Uh-huh," dit Julia en ouvrant les yeux. "Des amis qui s'embrassent."

Malgré la tirade anti-homme qu'ils venaient de terminer, il se rapprocha avec Bob.

"Je veux être ton amie."

"Et il a une grosse bite," proposa Nancy.

Ses amis ont applaudi ce morceau d'information avec des cris et des hurlements alimentés par l'alcool.

"Dois-je vous demander comment il sait?" Demanda Julia.

"Probablement pas," dit Bob, se sentant très mal à l'aise avec la direction de la conversation.

«Il me l'a montré», annonça Nancy, attirant les regards surpris de ses amis. "Rien ne s'est passé. Enfin, pas vraiment."

"Mon Dieu, elle rougit!" Quelqu'un a crié, montrant la situation de Bob.

"D'accord, je veux des détails," demanda Julia.

Bob regarda Nancy.

Il les avait amenés là-dedans, il pouvait aussi les en sortir.

Sauf que Nancy n'était pas intéressée à faire ça.

"Allez-y, dites-leur."

Les yeux écarquillés, Bob secoua la tête.

En aucun cas, il ne pouvait expliquer ce qui s'était passé.

"Bien," dit-elle en finissant sa bière.

Son histoire était un mensonge flagrant.

"Nous nous sommes vraiment saoulés un soir, il a perdu un pari et je lui ai fait me le montrer."

"C'était dur?" Tout demandé.

"Est-ce vraiment gros?" Julia voulait savoir.

"Grand, mais pas trop grand," dit Nancy en riant. "Oui, jolie".

"Jolie?" Bob a demandé, pas sûr si c'était un bon mot pour décrire la bite d'un homme.

«Oui, c'est vrai», insista-t-elle. "Tu devrais cependant te raser."

«J'adore quand un homme se rase là-bas», dit Any, acceptant le mensonge de Nancy sans hésitation.

"Moi aussi," acquiesça Julia. "Pourquoi devraient-ils s'attendre à ce que nous nous rasions là-bas s'ils ne le font pas aussi?"

"Je garderai cela à l'esprit pour la prochaine fois", a déclaré Bob, en notant mentalement le début d'une nouvelle relation.

"Puis-je vous voir faire?" Nancy a demandé.

Bob a continué à jouer.

"Assurance."

«Pourriez-vous amener un ami?

"Plus on est de fous", dit-il.

Elle plaisantait sûrement.

"Je ne pouvais pas y aller. J'ai un petit ami," se plaignit n'importe qui.

"Moi aussi," fit remarquer Nancy.

"Sauf qu'elle a un vrai petit ami," fit remarquer Julia.

Bob a essayé de terminer le jeu en annonçant: "Je ne me rase pas là ce soir."

"Et si je le faisais?" Julia a offert. "J'étais coiffeur avant, donc je suis vraiment doué pour les rasoirs et les rasoirs."

«Et je ne vais pas laisser une fille ivre le faire», insista-t-il.

"Très bien, alors nous allons juste vous voir le faire," dit Nancy, tordant ses mots.

Elle a demandé à son amie une décision.

"Le regarder se raser n'est pas la même chose que tricher, n'est-ce pas?"

"Cela ne se compare pas à ce qu'Andy fera probablement ce soir", a déclaré Any.

"Aïe," dit Bob, remarquant que Nancy faisait la grimace.

Son cœur était avec elle.

Elle méritait quelqu'un de bien mieux qu'Andy (ou Chris).

"Je suis vraiment désolé," dit rapidement Any, s'excusant auprès de son amie.

Nancy haussa les épaules avant de jeter le reste de sa bière dans sa gorge.

Il eut un long et fort rot, suivi d'un sourire très satisfait.

"Quelqu'un m'a commandé un autre verre."

Il se leva et se dirigea vers la salle de bain.

Julia et Any l'ont suivie.

CHAPITRE 8

Bob a commandé des bières pour deux des trois filles et a regardé son téléphone.

Il leva les yeux pour voir Chris debout devant la table.

«Tu sais que tu n'as aucune chance avec elle? Demanda Chris.

"Pardon?" Bob a répondu, confus.

"Tu sais de qui je veux dire," était furieux Chris. "Il n'aime pas les geeks ou les monstres."

"Nous ne sommes que des amis," répondit Bob, en supposant que Chris faisait référence à Nancy.

"Continuez comme ça," dit Chris avant de retourner à sa place au bar.

Bob a eu quelques instants pour réfléchir aux paroles de Chris.

Il ne s'était jamais inquiété des intimidateurs ou des brimades.

Lorsque les filles sont revenues, seules deux des trois se sont rassises.

«Quelque chose est arrivé», dit Any, debout au bout de la table. "Pensez-vous que vous pouvez les ramener à la maison?"

"Bien sûr que vous pouvez," dit Nancy, répondant à sa place. "Cela ne vous dérange pas, n'est-ce pas?"

Bob a senti qu'il était manipulé, mais a donné la même réponse qu'il aurait donnée sans se douter qu'il se passait autre chose.

"Je ne m'inquiète pas".

"Merci," dit Any en se penchant et en l'embrassant sur la joue.

"Sois gentil!" Elle a dit avant de partir.

"Tu ne vas pas prendre un autre verre?" Julia lui a demandé.

"Non oui puisque je vais conduire."

«Bob a peur de trop boire parce qu'il pourrait s'évanouir», a déclaré Nancy, offrant une autre raison pour laquelle il devrait faire attention à l'alcool.

"Cela n'est arrivé qu'une seule fois," lui rappela-t-il.

"Je sais, mais je vous assure que c'était amusant."

«C'est à ce moment-là que tu l'as vu nu? Demanda Julia en s'appuyant sur Bob.

"Uh-huh," confirma Nancy avec un sourire si grand et ravi que Bob se demanda s'il y avait eu de la vérité dans son mensonge précédent.

Quand le commis est revenu pour une autre commande de boissons, Julia l'a refusé.

"Mais il est encore tôt."

"J'ai de l'alcool chez moi," dit Julia avant de faire un grand sourire. "Et tous mes outils de coupe de cheveux."

"On devrait y aller", insista Nancy, avec un grand sourire.

Bob a supposé que tout avait été préparé.

Au lieu de protester ou de se disputer, il jouait ses cartes.

Il a ouvert la voie à sa voiture.

"C'est à toi?" Demanda Julia, émerveillée par l'antiquité rouge vif et brillante qui brillait sous les lumières du parking.

"Ouais," lui assura Bob en ouvrant la porte côté passager de sa Mustang classique.

Il n'a pas pris la peine d'expliquer que c'était comme un investissement, une voiture qu'il pouvait conduire sans perdre de valeur.

Nancy monta sur la banquette arrière, permettant à Julia de s'asseoir à l'avant.

Alors que Bob s'assit à côté de lui, il remarqua que Chris se tenait à l'extérieur de la pièce.

Bob sourit et fit un signe de la main.

CHAPITRE 9

Julia vivait à proximité, mais parlait tout le temps qu'il leur fallait pour arriver.

Ni Bob ni Nancy n'ont pu dire un seul mot dans leur monologue.

Il s'est garé devant son appartement de style maison de ville et a suivi les filles à l'intérieur.

"Je ne peux pas croire que nous allons vraiment faire ça," dit Julia en tâtonnant avec sa serrure.

«Pareil ici...» dit Bob, fronçant les sourcils à Nancy.

"Allez, ça va être amusant," dit Nancy, l'air excitée.

L'appartement de Julia correspondait à sa bonne humeur.

Ses meubles comprenaient de grands imprimés floraux.

Le rose et le rose foncé étaient clairement ses couleurs d'accent préférées.

Tout en mélangeant quelques boissons, Bob a chuchoté à Nancy:

"Tout ce qui manque ici, c'est une douzaine de chats."

Bob prit une gorgée de son verre, prouva que c'était surtout de l'alcool et le mit de côté.

Nancy a souligné que les dessous de verre comprenaient des traces de chats.

"Je devrais récupérer mes affaires," dit Julia avec enthousiasme en montant les escaliers.

"Je ne vais pas faire ça", a dit Bob à Nancy.

"Même pas pour moi?" demanda-t-elle en se blottissant à côté de lui sur le canapé.

Elle pressa sa poitrine contre son bras et frotta sa cuisse.

"Es-tu sérieux?" Demanda Bob, surpris par sa franchise. "Comment êtes-vous ivre?"

"Assez ivre," dit-elle, tournant son visage vers le sien et lui donnant un rapide baiser.

"Nancy, s'il vous plaît," supplia Bob, se tortillant mal à l'aise.

"Allez," insista-t-elle, lui donnant un autre baiser alors qu'elle essayait de déboutonner son pantalon.

"Vraiment?" demanda-t-il, abasourdi par son anticipation. "Tu n'as pas de petit ami?"

"Rien ne va se passer. Pas vraiment." Elle lui a donné un autre baiser. "Je veux juste me montrer."

"Peut-être que je ne veux pas me vanter," dit Bob, se demandant ce qui prenait autant de temps à Julia là-haut.

Ne devrais-je pas les interrompre maintenant?

"S'il te plaît, quel type ne veut pas se mettre nu avec deux filles et voir ce qui se passe?"

«Vas-tu aussi te déshabiller?

"Peut-être," suggéra Nancy, pressant ses seins contre son bras.

Bob sentit sa volonté s'affaiblir.

«Puis-je descendre maintenant? Julia a appelé du haut des escaliers, interrompant le moment.

«Idiot,» marmonna Nancy.

Bob gloussa.

«Vous pouvez aussi cacher votre soulagement», dit Nancy, s'éloignant de Bob.

Doucement, elle lui dit: "Tu n'es pas encore sorti du bois."

Avec un sac rose avec des ficelles pendantes, Julia avait l'air confuse.

"Mais il n'est pas nu."

"Oui, je me demande pourquoi...". Nancy soupira. "C'est presque comme si quelqu'un nous avait interrompu."

Julia avait l'air confuse plutôt que désolée de ne pas avoir laissé son plan fonctionner.

"Tu es timide?" Elle lui a demandé.

"Quelque chose comme ça," dit-il.

Julia a demandé de l'aide à Nancy, n'en a trouvé aucune et a pris les choses en main.

Reposant son sac à main, elle chevaucha les jambes de Bob appuyées sur ses genoux.

"Vous ne partez pas d'ici tant que nous n'avons pas fini de faire un bilan."

«Je ne laisserai pas une fille ivre m'approcher avec des instruments tranchants», expliqua-t-il.

«Premièrement, je ne suis pas trop ivre. Et deuxièmement, si j'étais sobre, je ne ferais pas ça.

"Tu devrais l'embrasser," suggéra Nancy. "Il embrasse très bien."

Julia prit le visage de Bob en coupe et testa la suggestion de Nancy.

Ses baisers étaient bons, mais ils n'étaient pas aussi surprenants que les baisers de Nancy.

Les baisers de Julia semblaient négligés en comparaison.

Bob s'est ajusté et l'a embrassée en retour sans lui offrir sa langue.

Savoir que Nancy le regardait l'embarrassait.

"Pourquoi rougis-tu?" Demanda Julia, remarquant son visage rouge lorsqu'elle s'éloigna.

"Je ne sais pas," marmonna-t-il.

"C'est excitant de te voir l'embrasser," dit Nancy, souriant largement. "Refais-le."

Julia lui prit un autre baiser.

Pendant qu'ils s'embrassaient, Nancy guida l'une des mains de Bob vers la poitrine de Julia.

Julia gémit et son baiser s'approfondit dès que sa main se posa sur sa poitrine.

"Mm, chaud," ronronna Nancy, se pressant à nouveau contre le bras de Bob.

Quand Julia s'est éloignée, Nancy a tourné la tête de Bob et a pris un autre baiser pour elle.

Il embrassa Nancy alors qu'il tâtonnait Julia et sa tête se retourna.

Il se sentit ivre sans boire tandis que son corps appréciait l'émotion de ces deux femmes qui l'embrassaient.

"Quelqu'un devient dur," annonça Julia, se tortillant contre le renflement qui poussait à l'intérieur de son pantalon.

"Je veux voir," dit Nancy, regardant le corps de Bob.

"Moi aussi," dit Julia, se penchant pour un autre baiser.

Pendant que ses lèvres étaient occupées, ses mains l'étaient aussi.

Elle déboutonna le devant de son pantalon tandis que Bob explorait sa poitrine.

En atteignant l'intérieur de sa chemise, il trouva les crochets de son soutien-gorge et le décompressa habilement.

Quand ses mains revinrent sur son front, il passa la main sous son soutien-gorge ample et prit ses seins nus en coupe.

Elle trouva des mamelons raides et céda instantanément.

Julia ouvrit son pantalon et le dégagea de ses hanches.

«Aidez-moi», dit-il à Nancy, embrassant à nouveau Bob immédiatement.

Quand leurs langues se sont rencontrées, il a senti Nancy tirer sur son pantalon jusqu'à ce qu'elle se retrouve sans rien.

Julia interrompit à nouveau leur baiser, cette fois pour qu'il puisse passer sa chemise par-dessus sa tête, le laissant nu et dur.

"Oh wow," dit-elle, se mettant entre eux et enroulant sa main autour de sa bite dure.

"Tu vois? Grand sans être trop grand," dit Nancy, de retour sur le canapé et regardant l'action.

Julia garda ses mains entre ses jambes, touchant et caressant la dureté de Bob pendant qu'ils s'embrassaient.

Bob repoussa son chemisier, espérant l'enlever pour qu'il ne soit pas le seul nu.

"Non," dit Julia en repoussant ses mains. "Seulement toi."

"Eh bien, c'est injuste," dit Bob, cherchant à Nancy de l'aide qu'il n'a pas obtenue.

"Pourquoi pas? Qu'y a-t-il de mal à être nu pour nous?"

"C'est embarrassant", a déclaré Bob, frustré et très vulnérable.

"J'aime ça," insista Nancy.

"Moi aussi," proposa Julia, glissant de ses genoux et ramassant son verre.

Ses yeux ne le quittèrent jamais alors qu'il prenait une petite gorgée.

"Mais vous avez raison, nous allons vraiment équilibrer un peu les choses."

"Que veux-tu dire?" demanda-t-il, luttant contre l'envie de couvrir sa dureté.

Comment pouvait-il être nu, clairement excité et avoir toujours l'air naturel?

"Elle a un corps magnifique," dit Julia, atteignant son chemisier et retirant son soutien-gorge sans enlever sa chemise.

Ses mamelons avaient toujours l'air dur.

"Ce n'est pas comme ça?" Nancy a répondu comme si Bob ne pouvait pas les entendre.

«Pourquoi tu ne le baises pas?

"Parce que nous sommes amis," expliqua Nancy, comme si c'était une explication suffisante.

"Putain d'être amis," dit Julia en regardant Bob. "Et quelle est votre excuse?"

"Parce que nous sommes amis," dit Bob avec un haussement d'épaules.

Puis il a ajouté:

"Et elle a toujours un petit ami."

"Vous êtes tous les deux foutus," dit Julia en secouant la tête en ramassant son sac.

"Commençons. Viens avec moi dans la cuisine."

Bob a combattu l'envie de ramasser ses vêtements et de courir avec eux.

Mais se promener nue et dure dans la maison de Julia était étrange.

"Tu as un cul tellement mignon," dit Nancy en le suivant.

Elle pinça ses fesses nues.

«Assez,» dit-il en sautant et en riant.

CHAPITRE 10

Julia aligna sa trousse de toilette sur le comptoir, branchant le rasoir dans la prise.

Il prit une chaise et s'assit.

"D'accord, garçon nu, reste ici."

Elle a pointé devant elle.

Avec un sourire mélancolique, elle caressa sa bite dure plusieurs fois avant de le regarder et de demander:

"Des demandes?"

"Je ne sais pas," répondit-il, regardant Nancy pour une suggestion.

«Une cire complète fonctionnerait pour moi», dit Nancy en s'appuyant contre le comptoir pour pouvoir regarder.

Il avait un grand sourire et semblait très heureux.

"C'est ce à quoi je pensais aussi," dit Julia, allumant le rasoir, tenant sa dure érection sur le côté et ratissant le rasoir en ligne droite.

Dès qu'il a commencé à travailler, son comportement a changé et il a commencé à ressembler à tous les coiffeurs que Bob avait visités avec son flux constant de conversation.

«J'avais l'habitude de faire ça à mon dernier petit ami tout le temps. Il aimait aussi toutes les épilations. Même après notre rupture, je voulais qu'il continue à le faire, mais je ne l'ai pas fait après. Je veux dire, pourquoi devrais-je? Pourquoi voudrais-je? Raser pour une autre fille? C'est fou. Je l'ai fait une fois, juste parce qu'il faisait chaud, mais rien ne s'est passé. J'avais une belle bite, mais pas aussi bonne que la tienne. J'aime vraiment la douceur de la tienne. Beaucoup de gars Ils ont ces veines vraiment grosses et bombées quand ils deviennent durs et ils sont jolis et tous, sauf que le vôtre est plus joli ... "

Bob regarda Nancy qui regardait attentivement l'action autour de sa bite dure.

Un moment passa avant qu'elle ne lève les yeux et rencontre ses yeux.

Il la regarda et elle comprit exactement ce qu'il voulait dire.

"Jamais," répondit-elle, répondant à sa question tacite de savoir si Julia s'était jamais tue.

«Les œufs sont compliqués», a déclaré Julia, inconsciente de tout sauf de son travail. "Regardez, vous devez les lisser pour pouvoir les couper sans entailles."

Elle caressa le sac de balles de Bob, apparemment inconsciente de la façon dont le bourdonnement du rasoir contre ses couilles excitait autant que ses coups tendres.

Au lieu de cela, elle a continué à divaguer.

"J'ai aussi proposé de faire ça pour le petit ami d'Any, mais elle ne pensait pas que c'était une bonne idée. Je ne sais pas pourquoi. Ce n'est pas comme si je lui faisais une pipe ou quelque chose comme ça."

«Cela ressemble plus à une branlette», injecta Bob.

"Attendez que j'arrive à la partie crème à raser," dit Julia en tapotant l'intérieur des pieds de Bob.

Il a reçu le message qu'elle voulait qu'il élargisse sa position.

Ramassant ses couilles, elle a ratissé le rasoir dans la zone en dessous et derrière ses couilles aussi.

Elle mit le rasoir de côté, prenant le temps de le débrancher et de le jeter dans son sac à main avant de prendre un bol de rasoir.

Il a ajouté un peu de poudre, un peu d'eau et a utilisé un blaireau à l'ancienne pour faire une mousse crémeuse.

À l'aide du pinceau, elle a peint de la mousse autour de sa bite dure, à travers ses couilles et entre ses jambes également.

Se penchant en arrière sur sa chaise, elle le regarda avec inquiétude.

"Vous n'aimerez pas ce que je dois faire ensuite."

"Pourquoi? Qu'est-ce que tu vas faire?" demanda-t-il, maintenant inquiet.

"Eh bien, j'ai besoin de me raser derrière ta bite et tu es vraiment dur."

"Ensuite?"

"Alors, j'ai besoin que tu ne sois pas si dur pour que je puisse me raser là-bas."

«Non pas que je puisse contrôler ça», dit-il.

"Je sais, mais c'est important, donc vous devrez me faire confiance", a-t-il déclaré. Bob n'a pas fait, bien qu'il ait tenu bon. "Je promets que je vais me rattraper."

"Qu'est-ce que tu vas me rattraper?" Je demande.

Sans autre avertissement, Julia pinça le faisceau sensible de nerfs juste en dessous de la tête de sa queue, cet endroit marqué sur la bite d'un homme pour la circoncision.

Elle pinça exactement cet endroit et il se tortilla, le surprenant avec une secousse instantanée de douleur plus incroyable qu'il n'aurait pu l'imaginer.

"Dieu!" rugit-il, s'écartant et la regardant comme si elle était la plus méchante des super-vilains.

Son excitation s'est évanouie instantanément et sa bite autrefois fière a coulé.

«J'ai eu un sexologue qui m'a appris ça», expliqua Julia à Nancy, qui semblait tout aussi mortifiée. "Il a dit que c'était un bon moyen d'aider un homme souffrant d'éjaculation précoce. Vous l'avez laissé se rapprocher de l'orgasme et ensuite vous le pincez pour perdre l'émotion."

"Ça fait mal comme l'enfer," dit Bob, encore sous le choc d'une soudaine secousse de douleur et ne faisant plus confiance à Julia.

"Je sais, bébé," roucoula Julia. "Mais je promets de me rattraper."

"Comment?"

"Revenez ici et voyez," dit-elle en le rapprochant.

Avec un rasoir à la main, elle gratta adroitement le chaume qui aurait été caché derrière son pénis gonflé, y compris les quelques poils qui poussaient sur son membre.

"Là, maintenant tu peux redevenir dur."

«Je ne pense pas que je veux», dit-il, toujours en colère et méfiant.

"Non, vraiment," dit-elle en caressant sa queue. "J'ai besoin que vous soyez dur pour le reste. C'est plus facile de faire vos couilles si vous êtes dur."

Même si sa main semblait bien glisser sur sa longueur, ce n'était pas suffisant pour changer la direction de son érection.

Etre nu devant eux avait déjà été assez embarrassant, mais cette grande douleur inattendue avait rompu le charme.

"Je pense que je peux faire le reste à la maison."

"Ne sois pas comme ça," dit Nancy en s'éloignant du comptoir.

Elle passa un bras autour de son cou et rapprocha son visage du sien pour un baiser.

Alors que leur baiser s'attardait, les caresses de Julia ont commencé à se sentir plus attrayantes jusqu'à ce que la bite de Bob soit à nouveau à plein régime.

"Putain, j'aime avoir l'air dur," dit Nancy en reculant pour s'appuyer contre le comptoir.

"Merci," dit Julia, retournant au travail et reprenant son bavardage insensé. "Mon petit ami n'aimait pas non plus cette partie. Il devait toujours la sucer fort après. Ensuite, nous avons réalisé que cela aurait pu lui éviter cette douleur de la dernière partie. Donc il avait l'habitude de la raser partout où il pouvait être dur, il la suçait. , il est venu, puis je pourrais le raser là-bas. "

"Vous auriez pu me faire ça," se plaignit Bob.

"Sauf que nous aurions des relations sexuelles," dit Julia.

"ET?" Bob a demandé, confus pourquoi ce serait un problème.

Julia regarda Nancy avant de révéler:

"Nous voulions juste vous voir nu pour vous raser."

"Vraiment?" Bob a demandé, se sentant joué.

"Oh, ne sois pas comme ça," dit Nancy en sirotant son verre.

Elle lui sourit et avait déjà l'air ivre.

"Nous allons aussi vous voir vous masturber si vous le souhaitez."

"Oh mon Dieu, ce serait si chaud!" Julia intervint, rinçant le rasoir avant de retourner au travail. "Je n'ai jamais vu un gars faire ça, pas dans la vraie vie. Cependant, j'ai toujours voulu le voir."

"Il fait chaud comme l'enfer quand vous voyez ça", a déclaré Nancy.

"Tu l'as vu? Je suis déjà si jaloux! A qui as-tu fait ça? Est-ce que c'était Andy? Je parie que c'était cool comme tu dis. C'est tellement beau!"

La réponse de Nancy a surpris Bob:

"C'était avec quelqu'un de plus sexy qu'Andy."

«Plus chaud qu'Andy? Demanda Julia incrédule. Vous avez mentionné le dernier petit ami de Nancy. "Ça n'aurait pas pu être Jim, car Andy est tellement plus sexy que Jim. Ne vous méprenez pas, je dirais oui en un clin d'œil, mais je pense qu'Andy est tellement plus mignon."

"Sauf qu'Andy est un joueur tricheur," fit remarquer Nancy, prenant une longue gorgée de son verre.

"Oui, mais quand même," dit Julia, travaillant sur le corps de Bob comme s'il n'était rien de plus qu'un mannequin. "Vas-tu rompre avec lui quand il reviendra?"

"Pourquoi? Tu veux commencer à sortir avec lui?"

«Pas juste après toi, mais s'il reste au marché, je ne sais pas. Est-ce que ça ira?

"Tu peux baiser qui tu veux," annonça Nancy avec de l'acide dégoulinant de ses mots.

Julia n'était pas surprise par son ton.

Elle a jeté le reste de sa boisson.

«Je suis désolé. Je ne devrais pas parler de lui, non?

"Probablement pas," acquiesça Bob. Il avait vu comment l'humeur de Nancy avait sombré. "As-tu bientôt fini ?"

"Presque," dit Julia, ratissant aussi entre ses jambes.

Il sortit un chiffon propre d'un tiroir et l'utilisa comme gant de toilette, essuyant les derniers morceaux de crème à raser de son corps avant de le remettre à Nancy.

"Là! Que pensez-vous?"

"Maintenant c'est très bien," dit Nancy, changeant son expression triste en un sourire.

"Tu devrais le sentir," dit Julia, frottant ses mains autour de l'érection enflée de Bob. "C'est tellement doux."

Nancy s'avança pour tâtonner.

La bite dure de Bob palpitait à l'attention de deux filles qui le touchaient et le caressaient.

"De sorte que vous aimez?" Elle lui a demandé.

"Comment puis-je ne pas l'aimer?" demanda-t-il, trop excité pour être embarrassé par son attention.

"C'est encore plus agréable quand tu le suces," suggéra Julia.

"Je vous crois sur parole," répondit Nancy. "Mais ça va si tu veux."

Julia regarda avec envie la bite dure de Bob alors qu'elle le caressait.

Elle se lécha les lèvres et, pendant un moment, crut qu'elle allait le faire.

"Je ne pense pas que je voulais arrêter de sucer."

«Il se fait trop tard», a déclaré Bob, craignant que le fait de permettre à Julia de faire plus puisse conduire à un engagement qu'elle ne voulait pas avoir. "Et je dois encore ramener Nancy à la maison."

Bob s'est habillé et ils ont dit au revoir à Julia.

CHAPITRE 11

Nancy enroula son bras autour de Bob pour le soutenir alors qu'il la conduisait à la voiture.

«Tu es vraiment ivre,» dit-elle en riant.

«Pourquoi avez-vous dû mentionner Andy? Nancy s'est plainte.

"Ouais, je ne sais pas ce qu'il pensait," dit Bob, ouvrant la porte à son ami.

Après avoir pris le volant, Nancy a tendu la main et a essayé de déboutonner son pantalon.

"Wow, qu'est-ce que tu fais?"

"Je veux le revoir," dit Nancy, pressant ses lèvres contre celles de Bob.

Il eut du mal à résister à son baiser et à ses mains occupées, mais il trouva de la force.

"Je dois conduire".

"Laisse-moi juste le ressentir."

«Attendons que nous vous ramenions à la maison, puis je vous montrerai à nouveau.

"Tu le promets?"

"Oui," dit-il, espérant que tout l'alcool qu'il avait consommé changerait l'équation une fois arrivés à son appartement.

CHAPITRE 12

"J'aime te voir nue," dit Nancy en conduisant.

Il essaya d'ignorer sa main posée sur sa cuisse, bien que le contact intime le maintienne dur et dans le besoin.

"Et je pense que c'était sexy que tu te déshabilles aussi devant Julia."

«Non pas que j'avais le choix», dit-il.

"Ugh, ne sois pas comme ça. C'est amusant d'être nu n'est-ce pas?"

"Je suis devenu dur, n'est-ce pas?" dit-il au lieu d'admettre son rôle en le faisant de cette façon. "Nous ne sommes toujours que des amis, non?"

"Meilleurs amis."

"Même si tu m'as vu nu?"

"Je pense que cela fait de nous les meilleurs amis," dit-il, glissant sa main plus haut sur sa cuisse jusqu'à ce que le côté de sa main soit pressé contre son entrejambe.

"Cependant, je ne pense pas que nous devrions nous embrasser davantage."

"Parce que?" demanda-t-elle en faisant la moue.

"Parce que cela me donne envie de faire plus que ce que nous pouvons faire."

"Ouais, moi aussi," dit-il en riant. "Tes baisers me font mouiller."

"Tu vois?"

"Mais peut-être que j'aime avoir chaud et être mal à l'aise," dit-elle en passant sa main sur son renflement.

"Tu es censé garder ça pour ton petit ami."

"Sauf qu'il n'est pas ici," dit-elle, éloignant sa main de son renflement, mais la gardant sur sa jambe. "Tu sais, les filles se masturbent aussi."

"Je sais."

"Alors c'est tout ce qui va se passer. Tu m'excites et puis je me masturbe, pourquoi est-ce si important?"

«Je ne sais pas,» dit-il, essayant de poursuivre cette conversation avec une Nancy ivre qui commençait à paraître idiote.

"J'aurais aimé que tu te masturbes devant Julia."

"Parce que?"

"Parce qu'il aurait fait trop chaud," dit Nancy, serrant sa jambe sans atteindre sa main près de sa zone de danger. "Et je sais que ça l'aurait excitée aussi."

"Oh, je pense qu'il était assez excité pour faire ce qu'il a fait."

«Ouais, il se branle probablement et pense à toi en ce moment. Comment ça se sent?

"Bizarre," dit Bob, réalisant qu'il avait probablement raison.

Lorsqu'il s'est garé devant sa maison, il s'est rendu compte qu'il ne devait pas rester.

Vous devriez l'aider à entrer dans son appartement puis à partir le plus rapidement possible.

Elle attendit qu'il ouvre sa porte.

Une fois de plus, elle enroula son bras autour de sa taille et s'appuya contre lui pour le soutenir.

Il a travaillé sur la serrure pour elle.

Elle l'a attiré et a commencé à l'embrasser.

"Wow," dit-il, s'éloignant après leur premier baiser. "Je pensais que nous n'allions plus faire ça."

"Je suis désolé," dit-il avec un sourire et un petit rire qui indiquaient clairement qu'il ne ressentait aucun regret.

Elle a commencé à travailler le devant de son pantalon.

"Vas-tu te branler pour moi?"

"Je ne pense pas que je devrais faire quoi que ce soit," dit-il en retirant ses mains.

"Mais tu as promis," insista-t-elle, ouvrant la fermeture éclair et tirant sur son pantalon.

Sans raison d'en être autrement, il était toujours dur.

Bob s'est rendu compte qu'il avait besoin de s'entendre avant que les choses ne deviennent incontrôlables.

"Andy," dit-elle, se détestant un peu d'avoir prononcé le nom de son petit ami de cette façon.

"Andy est la raison pour laquelle je ne t'entraîne pas dans ma chambre pour te baiser."

Elle frotta ses lèvres contre les siennes, souleva sa chemise et rompit le baiser pour retirer sa chemise.

Elle fit un pas en arrière et l'admira debout nu à l'exception du renflement de tissu autour de ses chevilles.

"Maintenant c'est de ça que je parle."

Nancy se retourna et se dirigea vers son canapé et s'assit.

Son visage entier s'illumina d'un grand sourire et une lueur ravie apparut dans ses yeux.

"Osez venir ici et asseyez-vous avec moi."

Se sentant idiot, Bob enleva son pantalon.

Sa bite dans le besoin palpitait.

Elle ressentit la pièce d'une manière qu'elle n'avait jamais ressentie auparavant lorsque l'air embrassa sa chair nue, pas habituée à être exposée à cet endroit.

Il ne savait pas quoi faire de ses mains.

Il s'assit à côté d'elle, étendit les jambes, croisa les chevilles et posa ses mains sur sa tête.

Merde.

S'il allait être nu et dur devant Nancy, pourquoi essayer de se couvrir ?

«Je pense que tu devrais être comme ça à chaque fois que nous sommes ensemble,» dit Nancy, se tortillant alors qu'elle admirait ouvertement sa nudité.

Il l'admirait aussi, incapable de perdre de vue les points jumeaux qui se profilaient sur elle ou le regard affamé dans ses yeux.

"Qu'y a-t-il là-dedans pour moi?" demanda-t-il avec un sourire ironique.

"Est-ce que je peux faire ça?" »Demanda-t-il, passant sa main le long de son ventre plat jusqu'à ce que ses doigts touchent la chair, généralement couverte de poils pubiens.

Elle caressa soigneusement sa bite dure.

Son érection palpitait, implorant l'attention dont son corps avait besoin.

«Je suis très proche», dit-il, annonçant quelque chose qu'elle savait sûrement.

«Fais-moi une promesse,» dit-elle en se penchant et en frottant ses lèvres contre les siennes. "Promets-moi que notre amitié ne changera pas si quelque chose d'autre se produit."

«Cela dépend de ce que c'est», dit-il, ne sachant pas combien son cœur pourrait en supporter.

"Je ne sais pas," dit-elle, passant un doigt le long de sa bite dure et souriant en le voyant sauter. «Je sais que tu penses que je suis vraiment ivre, et je le suis, mais je ne me saoule pas aussi mal que toi.

«Je sais,» dit-il, ayant été près d'elle avant, après qu'elle ait trop bu.

Nancy devenait toujours trop affectueuse lorsqu'elle buvait trop.

Elle était une ivre émotionnelle.

"Je me souviens toujours de ce que j'ai fait le lendemain."

"Cela n'est arrivé que cette fois-là," dit-il avec un profond soupir.

Elle l'ignora, donnant à son érection une autre caresse d'un doigt et finissant par enrouler son doigt autour de sa tête rouge-pourpre de sa bite. "J'adore être ton ami".

"J'aime aussi être ton ami."

"Je sais, mais tais-toi une seconde." Il a avalé un hoquet alors que le reste de l'alcool qu'il avait ingéré pénétrait dans son système. "J'aime être ton ami et que tu es aussi mon ami."

Elle s'appuya contre son épaule.

C'était plus comme si elle tombait contre son épaule.

"Et je pense que ce n'est pas grave si je te vois nue."

"D'accord," permit-il.

"Et je veux te voir comme ça tout le temps parce que tu es chaud comme l'enfer."

"Non, je ne le suis pas."

"Oui, tu l'es," insista-t-elle, ponctuant chaque mot en tapotant sa bite dure et en utilisant ce ton ferme, ce que les gens ivres faisaient si bien. "Et je veux me montrer à tous mes amis."

"Uh-huh," dit-il, s'attendant à ce qu'elle exagère.

Elle baissa une de ses mains et la posa sur sa bite.

«Je pense que tu devrais te masturber maintenant.

"Parce que?"

"Parce que je veux te voir le faire."

Bob l'étudia un moment.

Quelque chose dans ses yeux disait qu'il avait plus en tête.

"ET?" »il a incité.

«Et je veux t'essayer, sauf que je ne peux pas te faire une pipe parce que j'ai toujours un petit ami.

Elle glissa le long de son corps, bougeant pour reposer sa tête sur sa poitrine.

"Fais-le," dit-elle, tenant sa main autour de sa bite et la bougeant pour lui.

"Vraiment?" demanda-t-il, déplaçant doucement sa main de haut en bas sous sa main.

"S'il vous plait?" supplia-t-elle, s'éloignant et lui laissant voir ses yeux. "Je veux vraiment te goûter."

"Tu es incroyable," dit-il, surpris et abasourdi par son idée.

"Fais-le," dit-elle en posant sa tête sur son ventre.

Elle prit ses couilles molles en coupe et embrassa son ventre avant de presser son oreille contre son ventre et de faire face à la tête de sa bite dure et gonflée.

Bob sentit sa tête tourner de désir et de désir.

Nancy voulait vraiment cela et l'idée lui a envoyé une charge électrique.

Sa bite gonflée et douloureuse palpitait plus que jamais dans sa main.

Sentir sa petite main toucher et caresser son sac de balles fraîchement rasé le rendit fou.

Il se souvint comment elle avait enlevé le sperme de son ventre la première fois et l'avait goûté.

Ce souvenir était suffisant pour lui assurer qu'elle allait bien.

Il n'avait plus aucun doute à ne pas s'arrêter.

CHAPITRE 13

Il avait été caressé et tâtonné trop longtemps et avait rapidement atteint ce point de non-retour.

Il gémit quand le premier jet puissant éclata de sa queue, visant toujours directement le joli visage de Nancy.

"Oui!" hurla-t-il, traitant ses couilles alors qu'il secouait sa bite dure plus rapidement. "Tout! Donnez-moi tout!"

Bob venait encore et encore avec des poussées qui diminuaient lentement jusqu'à ce qu'il se sente satisfait et épuisé.

Sa bite n'arrêtait pas de palpiter pendant que Nancy lui léchait le ventre.

Elle chassait chaque goutte de lait crémeux qui n'avait pas éclaboussé dans sa bouche ou sur son visage.

"Merde!" Elle rit, s'assit et il vit le désordre avec lequel il avait aspergé ses joues et son nez.

Il était venu sur son visage du front au menton.

Il passa ses doigts dans les morceaux les plus juteux, léchant immédiatement son doigt avant de revenir pour en savoir plus.

«Je me sens comme une star du porno», dit-elle, toujours en riant en le repoussant pour pouvoir se lever. "Ne bouge pas".

Elle a couru dans sa salle de bain et est apparue quelques instants plus tard.

Son visage était humide et propre.

Elle sourit en se rasseyant.

"C'était chaud comme l'enfer!"

"C'était fou," dit-il, espionnant une dernière goutte qui s'accrochait à la tête de sa queue.

Il l'a ramassé et l'a nourri.

"Avez-vous toujours été comme ça?"

«J'ai toujours été très oral», dit-il avec un grand sourire.

«Moi aussi», proposa-t-il sans raison particulière.

"Mon Dieu, j'espère que tu es bon dans ce domaine. Andy n'a pas pu trouver mon clitoris avec une carte routière, un GPS et six enseignes au néon pointant sur lui."

"Je pense que je vais bien," dit-il, ne voulant pas passer pour un fanfaron.

"Je suis très excitée," dit-elle, se blottissant contre lui et mettant une main entre ses jambes.

"Je devrais y aller," proposa-t-il, lui donnant un indice qu'elle voudrait du temps pour elle-même.

"Non, je pense que tu devrais rester," dit-elle, rapprochant sa tête de la sienne et l'embrassant profondément.

Il l'embrassa en retour, désirant plus qu'il ne l'aurait jamais voulu.

Il la sentit se tortiller.

Elle rompit leur baiser et déboutonna son pantalon.

"Tu l'es parce que j'ai besoin de faire ça."

Elle ne s'est pas déshabillée, mais il n'y avait pas de doute sur ce qu'elle faisait en mettant la main dans sa culotte.

Bob l'embrassa, gardant ses mains pour lui alors que son cœur et son esprit s'emballaient sachant ce qu'elle faisait.

Il sentit sa passion monter aussi vite que la sienne.

Elle se tortilla et gémit profondément dans sa bouche.

Il sentit son corps se tendre pendant un moment avant qu'elle ne frémisse avec son orgasme, s'éloignant et haletant pour une profonde inspiration.

"C'était incroyable," dit-il, la tenant jusqu'à ce qu'elle se calme. "Tu te sens mieux?"

«Bien mieux,» soupira-t-il, retirant sa main de son pantalon.

Ses doigts brillaient de son humidité.

Sans demander, il passa sa main autour de son poignet et la guida vers ses lèvres.

Il suça ses doigts, savourant son goût alors qu'elle atteignait ses genoux avec sa main opposée.

"Tu es à nouveau dur."

«Je me demande pourquoi», dit-il.

Elle passa sa main autour de sa bite dure en la caressant plusieurs fois avant de glisser sa main sur sa cuisse.

"Sommes-nous toujours juste amis?"

«Je ne sais pas, non?

«C'est ce que je veux que nous soyons», dit-elle en posant sa tête sur son épaule.

Elle a glissé sa main près de sa bite à nouveau.

"Je veux que nous soyons le genre d'amis où ça va."

"Alors des amis avec des avantages?"

"Dieu non, je déteste cette phrase."

"Alors dis-moi ce que tu veux et c'est le genre d'ami que nous serons."

"Peut-être que tu peux être ma meilleure amie nue?" demanda-t-elle, lui faisant un sourire fatigué et endormi. "Ma meilleure amie nue qui m'embrasse parfois aussi."

"Et il se masturbe devant toi?"

"J'aime quand tu fais ça," dit-il en serrant sa queue. «Alors oui, mon meilleur ami nu qui m'embrasse parfois et me laisse le regarder se branler. C'est le genre de meilleur ami que je veux.

«Je pense que tu es encore ivre,» suggéra-t-elle en lui embrassant le front. «Tu veux de l'aide pour te coucher?

"Je ne veux pas aller me coucher. Je veux rester ici comme ça," dit-il en se blottissant plus près.

Bob la tenait dans ses bras jusqu'à ce qu'elle s'endorme avant de ramper doucement sous elle.

Il la couvrit d'une couverture, s'habilla et partit très tranquillement.

Quand il est rentré chez lui, il n'a pas pu résister à se branler une fois de plus.

Sentir ses parties du corps rasées était une sensation nouvelle et très intéressante, même si son orgasme n'était pas aussi joyeux que le premier de la nuit.

Il a mis cela sur le compte du fait qu'il était trop tard et qu'il était fatigué alors il est allé se coucher.

CHAPITRE 14

Il s'est réveillé, s'est déshabillé pour se doucher et, après la douche, a décidé de rester ainsi.

Être rasé là-bas était plus amusant lorsqu'il était exposé à l'air.

N'ayant rien à faire immédiatement pour la journée, il a commencé à jouer à des jeux vidéo.

Parfois, il commençait à devenir dur juste à cause du frisson d'être assis nu dans sa maison.

Il s'en fichait.

C'était aussi plus amusant d'être nu quand c'était dur.

***

Il était presque midi le dimanche avant que Nancy n'appelle.

"Qu'es-tu en train de faire?"

«Jouer à des jeux vidéo nu», dit-il en interrompant son jeu.

"Si c'est vrai, je suis en route là-bas."

Bob a ignoré son commentaire.

"Comment te sens-tu? Tu étais assez ivre la nuit dernière."

"Je vais bien. J'ai été déçu de me réveiller dans une maison vide."

Ne sachant quoi dire d'autre, il se couvrit et ne dit rien de plus que: "Bon tu sais."

"Quoi? Vous avez déjà passé la nuit chez moi."

«Je sais, mais je n'étais pas trop ivre pour conduire», a-t-il noté.

"Ouais, mais comment suis-je censé savoir avec certitude si tu es mon meilleur ami nu si tu n'es pas là le matin?"

Bob a ri de sa remarquable capacité à conserver une mémoire totale, même après une nuit à être complètement foutu.

"Heureusement, je prends les mots des filles ivres avec un peu de prudence."

«Ahhh, ça veut dire que si je vais là-bas aujourd'hui, tu ne vas pas te déshabiller pour moi?

"Es-tu sérieux?"

"Pourquoi pas?" »elle a demandé, semblant aussi joyeuse que jamais. "Vous agissez comme si ce n'était rien pour moi."

"En fait, je pense que je le fais surtout pour toi," corrigea Bob en riant.

"Je n'ai aucun problème avec ça. Est-ce mal que je suis tombé amoureux de mon meilleur ami?"

"Pourquoi maintenant? Je suis avec toi depuis des années."

"Sauf que je suis une blonde maigre et que vous sortez toujours avec des brunes potelées."

Bob n'a pas pris la peine de s'expliquer.

"Julia est une blonde maigre et veut aussi te revoir nue" dit-elle.

"Oh s'il te plaît non," gémit-il. "Je pense que ma tête exploserait si je devais écouter son bavardage constant."

"Ouais, il devient comme ça après avoir bu quelques verres. Il m'a envoyé un texto ce matin pour me poser des questions sur toi."

"ET?"

"Et alors? Je lui ai dit que je ne savais pas si tu voyais quelqu'un. Je lui ai aussi dit que je m'étais évanoui sur le chemin du retour."

«Vous savez quelque chose sur Andy? demanda-t-il en soulevant son contrôleur tout en gardant le téléphone sous son menton.

«Habituellement, il appelle le soir,» dit-il avec un profond soupir. «Ce n'est pas amusant de lui parler quand je sais qu'il m'a trompé. Que suis-je censé dire?

"Je ne sais pas."

«Et je ne veux pas rompre au téléphone, parce que c'est vraiment de la merde, d'autant plus qu'il va bientôt rentrer.

"Après avoir rompu avec lui, toi et moi devrions sortir avec un vrai rendez-vous et voir ce qui se passe."

"Je sais déjà ce qui va se passer", a-t-il dit. "Nous allons sortir, passer un bon moment, retourner chez toi et baiser comme un fou."

"Ça sonne bien jusqu'à présent," dit-il, sentant son érection répondre à l'idée.

"Et puis le matin, nous serons tous les deux si effrayés par ce que nous avons fait que nous ne le referons plus jamais."

"Je crois que tout se passera exactement comme vous l'avez dit, sauf pour la partie du lendemain. Je crois que nous nous réveillerons dans les bras l'un de l'autre, professer notre amour éternel l'un pour l'autre et faire immédiatement des plans pour voir si nous allons emménager dans votre maison ou la mienne ensemble. ".

"Eh bien, la vôtre," dit Nancy. "Vous avez une maison et je vis toujours dans un appartement."

"Ma version a une fin plus heureuse."

«Sauf que je ne pense pas que les amis devraient baiser parce que ça ne marche jamais. Tu te souviens de Kevin? Il a fallu un moment à Bob pour mettre le nom dans le passé de Nancy. "Lui et moi avons commencé comme amis, puis nous sommes devenus petits amis pendant un certain temps, mais ça n'a pas marché. Il voulait être ami avec des droits, mais je ne voulais pas, alors nous avons arrêté d'être amis aussi."

«Vous m'avez vu nu et nous sommes toujours amis», fit remarquer Bob.

"Ouais, et je veux toujours te voir nue aussi. Puis-je y aller?"

"Si tu le fais, je m'habille."

"Ahhh, ne sois pas comme ça!"

"Allez Nancy, nous savons tous les deux que nous jouons avec le feu. Pourquoi pensez-vous que je sois si dur avec vous?"

"Pourquoi ai-je chaud?" demanda-t-elle en riant en le disant.

«Vous pensez que je ne l'ai jamais réalisé? Il y avait quelque chose à propos d'être nu au téléphone avec Nancy et de savoir qu'elle l'avait vu nu qui a donné à Bob la force de mettre son âme à nu. "Ce week-end n'est pas la première fois que je suis dur avec toi."

Ce que Nancy a dit en réponse, cependant, l'a surpris.

"Et ce week-end n'est pas la première fois que je le fais en pensant à toi."

«Attends, tu viens juste de dire 'je vais le faire'?» Demanda-t-il, comprenant exactement ce qu'elle voulait dire par ces mots.

"Ouais. Les mecs le décrochent et les filles le décollent. Alors oui, tu as été une guest star à plusieurs reprises pour moi. Est-ce que c'est faux?"

"Non," dit-il, serrant son érection s'étendant rapidement entre ses cuisses. "Est-ce mal que j'ai du mal à entendre ça?"

"Tu es un idiot," rit-il. "Je l'ai déjà fait une fois aujourd'hui. Dites-moi que vous êtes nu et dur et que je vais devoir le refaire."

"Vraiment?" demanda-t-il, ignorant sa demande. "À quelle fréquence le fais-tu?"

"À quelle fréquence le fais-tu?"

«Je pense que c'est différent pour les hommes», dit-il, se sentant rougi.

"Je l'ai fait trois fois hier", annonça Nancy comme si ce n'était rien. «Une fois, quand je me suis réveillé et c'était pour toi. Puis je l'ai fait à nouveau avant de partir hier soir, ce qui peut ou non avoir été pour toi, et puis encore une fois avec toi hier soir. Attends, il était tard, alors je suppose que signifie que je l'ai déjà fait deux fois aujourd'hui "

«Je l'ai fait à nouveau quand je suis rentré à la maison», a-t-il avoué.

"L'avez-vous déjà fait aujourd'hui?"

"Pas encore," dit-il, même s'il avait le sentiment qu'il le ferait bientôt.

"Puis-je aller vous voir faire?"

Bob resta silencieux pendant un long moment alors qu'il luttait avec sa réponse.

S'il disait «oui», où cela finirait-il? Mais s'il disait «non», le prendrait-elle comme une offense?

Nancy a rempli l'espace vide qu'elle a laissé avec une suggestion de sa propre initiative:

«Je pense que tu devrais dire« oui »parce que cela prouverait que nous pouvons faire cela sans que cela signifie quoi que ce soit.

«Oh alors suis-je censé t'inviter chaque fois que j'ai envie de me branler juste pour que tu puisses voir?

«Je suis d'accord avec ça. Je veux dire, je te laisserais me regarder, sauf que ce n'est pas notre truc.

"Pouvons-nous en faire notre truc?"

"Je ne pense pas que ce soit une bonne idée", a déclaré Nancy sans explication. «Et si je promets que je n'essaierai pas de te toucher? Est-ce que ça rend les choses meilleures ou pires?

"Un peu des deux," dit-il, caressant négligemment son érection et se demandant comment cela pouvait devenir un problème.

"Est-ce que ce serait mieux si j'amena un ami à regarder aussi?"

«S'il te plaît, ne dis pas Julia.

"Non, ça ne doit pas être Julia," murmura-t-il. "Tout le monde voudra peut-être regarder. Et j'ai d'autres amis aussi. Peut-être que je devrais en apporter que vous ne connaissez pas, voulez-vous?"

"Sais-tu ce qui est vraiment fou?" Je demande. «J'entends vraiment durement ça.

Nancy a ri et ça ressemblait à de la musique douce.

"Dois-je vous dire que je suis mouillé en le disant?"

"Seulement si tu veux que je devienne encore plus difficile."

"Est-ce que tu joues vraiment à des jeux vidéo nu?"

"J'ai le jeu en pause."

"Mais tu es vraiment nu, non?"

"Je le suis depuis ce matin. Etre rasé se sent mieux si je suis nu."

"Dieu, c'était tellement sexy de regarder Julia te faire ça."

"Vraiment?" Il a demandé surpris.

"Ouais. Je pense que parce que je voulais le faire et que je savais que je ne pouvais pas, alors j'ai dû la laisser faire. Je ne sais pas. Ou peut-être parce que tu étais vraiment dur et que j'aime avoir l'air dur."

«Je suis dur en ce moment,» ronronna-t-il, se sentant à moitié idiot pour l'avoir dit d'un ton ronronnant.

"Continuez comme ça."

"Parce que?"

«Juste parce que», insista-t-elle.

"Où es-tu?" demanda-t-il, remarquant comment le son changeait en arrière-plan.

"Où pensez-vous que je suis?"

«Je pensais que tu étais à la maison,» dit-il juste au moment où il entendit un léger coup à sa porte d'entrée.

CHAPITRE 15

Il n'avait pas besoin de regarder par la vitre avant pour savoir ce que sa voiture verrait dans son allée.

Seule Nancy frappait à sa porte comme ça, un coup qui évoquait un retour au lycée lorsqu'elle était l'animatrice de la section percussions du groupe scolaire.

Nu et dur comme l'enfer, Bob coupa l'appel téléphonique et se dirigea vers la porte d'entrée.

Il n'a pas non plus pris la peine de vérifier le judas.

Elle ouvrit grand la porte et sourit à son amie qui tenait toujours son téléphone près de son oreille.

"Bonjour," dit-elle en entrant.

Il jeta un coup d'œil à la télévision, comme pour s'assurer qu'il jouait à des jeux vidéo.

Il n'avait pas menti.

Son jeu était en pause.

«Que faisiez-vous maintenant?

"Eh bien, je pense que je faisais ça," dit-il, retournant à son canapé où il était assis, il prit son contrôleur de jeu.

"Oh vraiment?" demanda-t-elle, assise à côté de lui et regardant par-dessus son épaule son sexe fier et gonflé. "Je pensais que tu jouais avec autre chose."

«Oh, tu veux dire cette vieille chose? »il a demandé, martelant son érection. "Ouais, j'aurais pu faire quelque chose avec ça aussi."

Nancy déboutonna son jean et fouilla dans son pantalon.

"Avez-vous envie de faire ça encore?"

"Oui," haleta-t-il, trop excité pour rester timide.

Il jeta son contrôleur de côté et commença lentement à tirer sur sa bite dure alors qu'il regardait sa main bouger dans son pantalon.

«Tu te souviens de ce que j'ai fait la nuit dernière? elle a demandé.

Avant qu'il ne puisse répondre, elle se pencha et posa sa joue sur son ventre.

Contrairement à la nuit précédente, elle rapprocha son visage du bout de sa queue et à chaque fois qu'elle expirait, il pouvait sentir son souffle chaud caresser la tête de sa queue.

«C'est dommage,» murmura-t-elle, bien qu'elle bougea sa main plus vite, caressant et poussant son orgasme plus près de la réalité.

"Fais-le," gémit-elle.

Il pouvait sentir les mouvements rythmiques de son bras alors qu'elle se caressait.

"Oh putain," gémit-il, sentant son besoin se rapprocher rapidement.

"Oui!" siffla-t-elle et cela lui suffisait.

Il réussit à libérer un autre gémissement avant d'éclater d'étoiles de plaisir dans ses yeux.

Il est venu fort, a tiré et a pulvérisé son sperme sur son ventre et dans la bouche d'attente de sa meilleure amie.

Comme c'était arrivé la nuit précédente, elle est venue fort, tirant des mèches épaisses et tendues vers le haut à chaque contraction de son corps et c'était merveilleux.

"Beaucoup mieux," dit Nancy, semblant aussi un peu essoufflée. "A peine un jet a été manqué."

Il s'assit, essuya un ruisseau de son menton et sourit.

"Et vous? Êtes-vous arrivé?" demanda-t-il, embarrassé d'avoir été tellement concentré sur son orgasme qu'il aurait pu manquer le sien.

"Oh ouais," lui assura-t-elle, nourrissant ses deux doigts humides recouverts de l'humidité de son corps.

"Putain, je veux tellement te baiser."

«Comment pensez-vous que je me sens? »elle a demandé, lui donnant un petit baiser et un sourire beaucoup plus grand. «Maintenant, pourquoi ne retournes-tu pas à ton jeu et je verrai ce que tu as à manger ici?

"Pas grand chose," dit-il en la suivant dans la cuisine. "Je n'ai pas fait d'épicerie depuis quelques jours."

«Joue et je trouverai quelque chose», dit-il en ouvrant la porte du réfrigérateur.

Il s'appuya contre le mur en la regardant pendant un moment.

«Et n'ose pas t'habiller», dit-elle en sortant des œufs, des légumes et le dernier de son lait.

"Oui madame," dit-il, se sentant mal à l'aise mais déterminé à suivre ses règles.

CHAPITRE 16

Nancy a fouetté deux délicieuses tortillas avec les restes de nourriture que Bob avait dans son réfrigérateur.

Assis sur son canapé, ils ont regardé Netflix pendant qu'ils mangeaient et il est resté nu tout le temps.

Après avoir mangé, il a lavé la vaisselle et l'a vue le regarder alors qu'il retournait dans son salon.

"Ce n'est pas si impressionnant quand je suis doux, n'est-ce pas?" dit-il, captant la direction de son regard.

"En fait, j'aime ça aussi spongieux. Tu n'as pas toujours besoin d'être dur avec moi quand tu es nu."

"Et si je deviens dur?" demanda-t-il en s'asseyant à côté d'elle.

"Encore mieux," dit-il avec un sourire.

Elle attrapa sa main et la tint pendant qu'ils regardaient le reste du film.

De temps en temps, Nancy regardait entre ses jambes et souriait.

Après le film, il s'est levé et s'est étiré.

Bob admirait son corps souple alors qu'il travaillait à travers les plis qu'il ressentait.

« Alors je suppose que je vais rentrer à la maison et me branler avant que mon copain n'appelle.

"C'est chaud," dit Bob, sentant un picotement entre ses jambes.

Il a tiré distraitement sur sa bite.

"Maintenant, ne soyez pas dur ou vous devrez me donner un autre spectacle."

"En fait, j'essaye de ne pas le faire," admit-il avec un petit sourire.

"Putain, laisse-moi t'embrasser une fois avant de partir, d'accord?"

"Bien sûr," dit-il, s'attendant à un petit baiser d'adieu.

Au lieu de cela, elle enroula ses bras autour de son cou et lui donna un baiser profond et émouvant.

Il était de nouveau à moitié dur quand elle s'écarta.

«C'est bon de savoir que mes baisers peuvent faire ça pour toi.

«Tu es une vraie salope parfois,» dit-il avec un grand sourire, frottant son érection à moitié dure pour la transformer en autre chose.

"Attention," dit-elle en le regardant. "Ou je vais devoir rester et regarder."

«Va-t'en,» lui dit-il en marchant vers sa porte d'entrée.

Il se cacha derrière la porte en l'ouvrant.

"Amuse-toi."

"Oh, je le ferai," dit-elle, lui donnant un autre baiser avant de se diriger vers sa voiture.

La pensée de Nancy rentrer à la maison pour se branler donnait à Bob assez de raisons de se durcir à nouveau, mais au lieu de faire quoi que ce soit, il appréciait la sensation d'être nu et dur.

S'allonger pour dormir avec une érection était à la fois étrangement frustrant et satisfaisant.

Frustrant, parce qu'il avait besoin du soulagement qu'il se refusait.

Satisfaisant, car il savait pourquoi c'était dur.

Ce match avec Nancy l'avait rendu très dur et s'il partageait sa condition avec elle, elle l'apprécierait sûrement.

CHAPITRE 17

Une autre semaine de travail a commencé à son emploi régulier.

Bob a rampé hors du lit, est allé travailler et a accordé toute son attention à son patron pendant environ huit heures.

Puis les après-midi furent calmes.

Lui et Nancy ont échangé des SMS.

Il a également rencontré d'autres amis.

Plus tard dans la soirée, il a affronté ses amis en ligne dans le monde virtuel.

Le plus grand changement dans sa vie a été le temps qu'il a passé nu à la maison.

Elle ne se souciait pas de ses vêtements jusqu'à ce qu'il soit temps de quitter la maison.

Lundi et mardi, il s'est douché après le jogging et était nu.

L'autre changement était de ne pas se sentir coupable si la pensée de Nancy lui venait alors qu'elle se masturbait.

Mercredi soir, ils l'ont invité à prendre un verre «Fête du travail» avec Nancy, Any et Julia.

Contre son meilleur jugement, il les rejoignit pour une bière qu'il put boire plus d'une heure.

Il craignait que Julia n'ait eu la mauvaise impression l'autre soir.

Entrant dans le même bar que l'autre soir, il a rencontré une scène similaire.

Julia et Any s'assirent ensemble pendant que Chris courtisait Nancy au bar.

Le visage de Julia s'est illuminé dès qu'elle a vu Bob.

Merde, pensa-t-il, faisant un mouvement pour rejoindre Any de son côté du stand.

"Était-ce quelque chose que je disais?" Demanda Julia, déçue qu'il soit assis en face d'elle.

"Non. C'est juste que la dernière fois que tu m'as attaqué avec des objets pointus," dit-il, espérant que la blague atténuerait sa déception.

"Alors, c'est vraiment arrivé!" Tout s'exclama.

Julia eut l'air surprise.

«Pensez-vous qu'il l'a inventé?

"Eh bien non, mais je ne savais pas," dit Any, essayant de reculer. «Avez-vous vraiment laissé Nancy regarder?

«Je n'avais pas beaucoup d'autres options», dit-il, commandant la seule bière qu'il aurait ce soir-là. «Et n'agis pas comme si tu étais si innocent.

"Eh bien, nous aurions pu faire un plan quand nous étions dans la salle de bain," dit Any, souriant et prenant une gorgée de bière.

"Pour mémoire, rien ne s'est passé", a annoncé Julia.

«J'appellerais ce qui m'est arrivé quelque chose», a déclaré Bob, gagnant le sourire des deux femmes.

Il s'est rendu compte que Any buvait et lui a demandé à ce sujet.

"C'est au tour de Nancy d'être le chauffeur désigné."

Attirant l'attention de Nancy, il lui fit un signe de la main au cas où elle n'aurait pas remarqué son arrivée.

"Est-ce que l'un de nous a besoin de la sauver de Chris?"

"Peut-être," dit Julia, l'air inquiète. "Il est vraiment devenu plus fort grâce à la routine" Je suis là pour toi ""

"C'est ton téléphone?" Demanda Bob, espionnant un téléphone placé devant lui qui ressemblait au sien.

Ils hochèrent la tête.

«Maintenant je reviens», dit-il.

En remontant le bar, il se tenait directement derrière Nancy, salua le barman et commanda des boissons pour Julia et Any.

Quand le serveur se retourna, il fit comme s'il venait de remarquer que Nancy se tenait à côté de lui.

"Hé toi!" il a dit.

"Hé toi!" Dit Nancy en se retournant et en le regardant.

Elle parut soulagée de le voir.

"Vous êtes revenu pour plus!"

"Eh bien Julia et moi nous sommes bien entendus l'autre soir," dit-il au profit de Chris.

"Ouais, elle ne cesse de parler de toi," dit Nancy.

"Oh au fait, je pense que tu as manqué quelques textos d'Andy. Tout dit que ton téléphone paniquait."

"Merci," dit Nancy. «Nous en reparlerons plus tard,» dit-il à Chris et il se précipita vers la table, laissant Bob attendre le serveur.

"Pensez-vous que vous êtes intelligent parce que vous les avez ramenés chez vous l'autre soir?" Demanda Chris.

"Non, je pense que je suis à portée de main parce qu'ils m'aiment tous les deux," dit Bob, en déposant vingt sur le comptoir pour le barman et en prenant les deux verres sans attendre le changement.

Bob a reçu trois «remerciements» à son retour du bar.

Un chacun de Any et Julia pour les boissons et le troisième de Nancy pour la mission de sauvetage.

"Continuez à pousser pour voir ce que je vais faire quand Andy rentrera à la maison."

"Bien sûr que oui," dit Bob.

«Ce soir, il essayait de me convaincre que je devrais faire tester Andy pour le SIDA avant de coucher à nouveau avec lui, tu sais, au cas où cette fille ne serait pas propre.

"Wow," dit Any en secouant la tête. «C'est un vrai bordel, n'est-ce pas?

Les choses allaient bien jusqu'à ce que Julia presse Nancy pour sa décision et Nancy hésite avant de répondre.

«Je vais probablement rompre avec lui. Je veux dire, c'est ce que je pense que je vais faire, mais je devrais au moins l'écouter, non?

"Il vous a trompé," insista Julia. "Tu ne lui dois rien."

«La fille dit qu'elle veut bien faire les choses», fit remarquer Any, ajoutant une autre note à la chanson déjà très triste.

«Mieux vaut Andy que Chris,» dit Julia. "Chris est une boule de bave opportuniste."

Les trois femmes ont parlé d'Andy et de Chris pendant la majeure partie de l'heure suivante, tandis que Bob est resté silencieux.

J'étais coincé en pensant à la façon dont Nancy avait hésité plus tôt.

Avec sa bière presque partie, Bob dit au revoir et se dirigea vers la porte.

Il était presque sur le chemin de sa voiture quand il entendit la voix de Nancy derrière lui.

Il envisagea de l'ignorer, agissant comme s'il ne pouvait pas l'entendre, mais ne pouvait pas.

Lentement, il se retourna.

"Pourquoi partez-vous si tôt?" demanda-t-elle en traversant le parking vers lui.

«Tu me connais, je suis léger», dit-il en imitant un verre. "Un et j'ai fini."

"Tu es fâché avec moi?"

«Pourquoi serait-il en colère?

«Je ne sais pas, mais tu as à peine dit quoi que ce soit de la nuit.

Il haussa les épaules.

Que pouvait-il dire?

Qu'il voulait qu'elle rompe avec Andy pour qu'ils puissent sortir?

«Viens ici,» dit-il, la rapprochant et enroulant ses bras autour d'elle. "Je t'aime."

"Et je t'aime aussi," dit-elle, le serrant dans ses bras et semblant très confuse.

"Et je serai toujours votre meilleur ami, quoi qu'il arrive, d'accord?"

"Mon meilleur."

«Appelle Andy ce soir. Dis-lui que tu sais qu'il a été avec quelqu'un d'autre. Dis-lui aussi quel genre d'ami il a en Chris.

"Mais je ne veux pas rompre avec lui au téléphone."

«Je sais et je ne sais pas. Dis-lui simplement que tu sais et garde le reste pour quand il rentrera à la maison.

"Et s'il le nie?" demanda-t-elle, confuse par ses conseils.

"Alors tu sauras avec certitude quel genre de conversation tu vas avoir avec lui ce week-end."

"Et s'il l'admettait?"

«Alors je ne sais pas», dit Bob. "Cela dépend si c'était une nuit ou pas."

Nancy le regarda un long moment avant de le frapper au bras.

"Vous donnez des conseils merdiques."

"Désolé," dit-il. "Mais je n'ai pas entendu de meilleurs conseils de vos amis."

«Je t'aime,» dit-elle en l'enroulant à nouveau dans ses bras.

Cette fois, son étreinte comprenait un baiser.

Bien que ce fût un long baiser, il ne comprenait aucune langue.

Ce n'était pas ce genre de baiser.

"Rentrez chez vous et jouez avec vous-même pour moi."

"Bien sûr," dit-il, lui faisant un sourire qui n'incluait pas ses yeux.

Alors qu'il la regardait s'éloigner, la tête baissée, elle vit Chris entrer dans le restaurant.

Bien sûr, Chris l'avait suivie à l'extérieur.

Va te faire foutre, pensa Bob, en montant dans sa voiture et en conduisant le long chemin du retour en espérant que sa tête s'éclaircirait.

Il n'a pas.

Vers onze heures, il a reçu un texto de Nancy,

«J'ai essayé d'appeler Andy. Il n'a pas répondu. Mieux vaut ne plus être avec ce problème. Bonne nuit.

Son message texte n'a pas aidé Bob à se sentir mieux ou pire.

Il a écrit un single, "OK", et est allé se coucher.

Le rêve béni est venu rapidement et complètement.

CHAPITRE 18

Bob a apprécié sa routine du jeudi à une exception près, ses poils pubiens repoussaient et créaient une sensation de démangeaison irritante à l'intérieur de son boxer.

Il savait qu'il avait deux options, se raser à nouveau ou s'accrocher jusqu'à ce que ses cheveux repoussent.

Il ne savait pas trop où il voulait aller.

Quand il est rentré chez lui, c'était déjà décidé.

Au lieu d'aller courir, il est entré dans la douche et a ratissé ses parties intimes.

Après sa douche, il a vu qu'il avait manqué un appel de Nancy.

Quand il l'a appelée, elle a fait une étrange demande:

«Tu veux me saouler ce soir chez toi?

"Bien sûr, juste après que tu me dises pourquoi."

«Je ne veux pas», dit-il et Bob connaissait la réponse.

"Andy".

"Il m'a appelé à une heure hier soir. C'était un appel ivre, mais il m'a tout dit. Il m'a dit comment il avait vu une autre fille, que c'était un accident et qu'il ne l'aimait pas."

"Eh bien, ce n'est pas pratique."

"Qu'est-ce que ça veut dire?" Nancy a demandé.

Bob soupira.

Cela n'avait pas d'importance.

Il ne l'avait jamais fait, mais il prendrait encore le temps de l'expliquer parce que c'est ce que font les amis pour les amis.

«Hm, la même nuit où Chris nous voit s'embrasser sur le parking, c'est la nuit où il appelle ivre et déverse son cœur. As-tu semblé surpris que tu aies répondu?

«Un peu», confirma-t-elle, confuse. "Mais c'était trop tard."

"Tard, mais à la maison, assez tard pour savoir si tu passais la nuit ou pas."

"Assez tard pour qu'il soit vraiment ivre. C'était la fête du Travail."

«Nancy, je te regardais. Chris nous a vus sur le parking, lui en a parlé et s'inquiétait de la chatte qui l'attendait à la maison.

«Alors pourquoi m'as-tu parlé de cette autre fille?

«Chris lui a probablement dit que tu pensais qu'il se passait quelque chose. As-tu dit à Andy quel genre d'ami il avait en Chris?

«Après avoir avoué, cela ne semblait pas important», a-t-il expliqué. "Il a posé des questions sur toi, si nous étions toujours les meilleurs amis."

"Intéressant," dit-il, lui donnant de la place pour reconstruire les choses à son rythme.

Bob savait que Nancy était rusé et le découvrirait.

«Attends, tu suggères que Chris essaie de mettre Andy en colère? Cela n'a aucun sens. Andy sait que nous sommes juste amis.

"Je sais et tu sais, mais est-ce que Chris comprend?"

Nancy était calme pendant qu'elle traitait les pensées de Bob.

«Il a pleuré,» dit-il enfin. "Andy l'a fait. Après m'avoir dit qu'il me trompait."

«Et il t'a aussi dit combien il t'aimait.

"Umm-comment le saviez-vous?"

«Parce que je suis un homme», dit-il.

«Tu vas te saouler avec moi? elle a demandé.

"Si je fais ça, comment rentrerez-vous chez vous?"

«Je passerai la nuit chez vous», fit-il remarquer. "Et est-ce que ça va si Any et Julia viennent aussi?"

«Ma maison est votre maison», dit-il.

Il se sentait mal pour Nancy.

Elle méritait mieux qu'un joueur comme Andy.

Si elle avait besoin d'une soirée avec des amis pour se distraire de lui, elle ferait de son mieux.

Il sortit une bouteille du meilleur rhum de sous son comptoir, sachant que c'était son préféré.

Il a commandé des plats chinois à emporter pour qu'elle les ramasse en chemin.

CHAPITRE 19

Ses amis sont arrivés avec un mélange de tequila et de margarita.

Au cours du dîner, Nancy a mis ses amis au courant du drame entre Andy et Chris.

Cela comprenait l'opinion de Bob selon laquelle Chris essayait de séparer l'heureux couple.

"L'erreur de Chris est de penser qu'Andy serait jaloux pour moi", a noté Bob. «Andy sait que nous ne sommes que des amis. Il n'aime peut-être pas notre amitié, mais je ne suis pas une menace.

"Pourquoi pas?" Julia a demandé, en commençant par sa deuxième margarita. "Tu es beau."

«Nous ne sommes que des amis», insista Bob, sirotant profondément son rhum et son Coca.

Quelle différence cela a-t-il fait?

Il n'allait nulle part, alors autant être honnête.

Il leva son grand verre et proposa un toast.

"Pour le dernier jour de liberté de Nancy."

Il passa un moment avec eux tous avec ses yeux sur Nancy pour juger de sa réaction.

Elle semblait incertaine, mais finalement elle leva aussi son verre.

«Pour la liberté!

Le cri retentit encore deux fois et tout le monde but.

«Alors je veux savoir ce qu'il faut pour avoir un spectacle», a demandé Any.

«Beaucoup plus de ça,» dit-il, se préparant une autre boisson.

Par habitude prudente, il le mélangea légèrement.

"Laisse-moi t'aider," dit Nancy, garnissant son verre d'un peu de rhum.

Il la fusilla du regard.

"Quoi?" Il a demandé, montrant un sourire innocent. "Peut-être que je veux un autre spectacle ce soir aussi."

"Ça n'arrivera pas," marmonna-t-il, sirotant la boisson beaucoup plus fort maintenant.

"Nous verrons," dit Nancy.

Le quatuor s'est déplacé devant la télévision de Bob et a commencé à mettre en place des vidéos YouTube.

Ils ont utilisé leur téléphone pour ajouter de nouvelles vidéos à la file d'attente, riant et parfois criant de surprise quand une nouvelle vidéo en valait la peine.

Au fur et à mesure qu'ils buvaient plus, les vidéos devenaient plus agressives, tout comme les discussions sur les vidéos.

«Les gens abandonnent la masturbation pendant un mois», ont déclaré les trois filles qu'elles ne pourraient jamais le faire.

"Quand vous avez su pour la première fois qu'une femme pouvait se masturber", elle leur a fait partager ses histoires personnelles de découvertes.

"D'accord, quelqu'un met les vidéos en pause, je dois faire pipi," annonça Julia, titubant d'un demi-pas en se levant du canapé.

"Quelqu'un se saoule," fit remarquer Bob en se moquant d'elle.

"Ouais, eh bien, et tu as besoin de boire plus," lui dit Nancy, attrapant son verre et l'emmenant avec elle dans la cuisine.

Elle lui rendit une boisson qui avait plus le goût du rhum seul que du rhum et du Coca.

"Buvez tout."

"Ouais, parce que je veux mon émission," dit Any, se levant pour aller aux toilettes.

Après avoir échangé des mots dans le couloir avec Any, Julia est allée dans la cuisine et est revenue avec quatre coups de tequila.

"Nous tirons!" annonça-t-elle en les passant tous. "Et nous continuerons à tirer jusqu'à ce que Bobbie devienne fou."

"Je ne deviens pas fou", a déclaré Bob.

Il prit une autre gorgée de son verre.

Merde, c'était fort.

«Je ne peux pas prendre de photos», objecta n'importe qui à son retour. "L'un de nous doit rester suffisamment sobre pour conduire."

"Alors Bob en a deux!" Julia insista, poussant le tir supplémentaire vers lui.

«Mais je n'en veux même pas», dit-il à Nancy, demandant son aide.

"Dommage," dit-elle en levant son tir. "Maintenant, sois homme, va boire."

Elle a empiré les choses en levant son verre et en proposant un toast:

"Pour le rasage des hommes!"

"Salope," marmonna Bob assez fort pour que seule elle l'entende et trois sur quatre d'entre eux prirent les photos.

N'étant pas fan de tequila, Bob a suivi sa boisson avec une petite gorgée de rhum et de Coca.

La boisson forte n'a pas aidé à soulager la brûlure au fond de sa gorge.

"Un de plus", a déclaré Nancy, brandissant le tir restant.

«Je te déteste,» lui dit-il, sachant qu'elle ne serait pas offensée.

Il jeta le deuxième verre, prit une autre gorgée de rhum et de Coca, et promit de compléter sa boisson avec plus de Coca à son retour de la salle de bain.

Il utilisa la salle de bain de sa chambre, remarquant qu'il se tenait au mur alors qu'il se tenait devant ses toilettes.

Merde, il était plus ivre qu'il ne l'avait prévu.

Sur le chemin du retour au salon, il oublia sa promesse de compléter son verre avec plus de Coca et trouva Any assis à sa place.

"Tu devrais t'asseoir ici," annonça Julia, caressant l'espace vide entre elle et Nancy sur le canapé.

Quand Bob a dépassé Julia, il a jeté un regard sceptique à Nancy.

Elle exagéra le regard innocent qu'elle lui lança.

«Je ne vais pas me déshabiller devant toi et tes amis», lui dit-il.

«Si vous devenez assez dur, vous le ferez», dit-elle en prenant sa boisson trop forte et en la lui tendant.

Travaillé avec le contrôleur et repris la file d'attente vidéo.

Le premier était:

"Masturbation: Hommes vs Femmes", où une femme qui ressemblait beaucoup à Any dit à son mec qu'elle est en retard parce qu'elle se masturbait.

Bob prit une gorgée de son verre et essaya de rester calme, même après que Nancy eut posé sa main sur son genou.

"Un problème?"

"Pas du tout," dit-il juste avant de prendre un verre plus gros que nécessaire.

Il poussa sa boisson hors de portée de son bras.

Il buvait suffisamment et de la façon dont Nancy passait lentement sa main à l'intérieur de sa jambe, il pouvait deviner qu'elle l'était aussi.

"Tu n'as pas de petit ami?"

Elle a ignoré son commentaire.

«Alors je disais à Julia à quel point tu es douée pour embrasser et maintenant elle est très curieuse.

«Elle le sait déjà», dit-il à Nancy, ennuyé qu'elle le pousse si facilement.

"Oh vraiment?" Any a demandé à sa place précédente sur le canapé, le seul endroit pour s'asseoir seul dans son salon. "Vas-tu laisser passer l'opportunité d'embrasser Julia gratuitement?"

"Oui, va te faire foutre!" Julia a dit, virant sur terre de devenir une ivre belligérante plutôt qu'une sympathique, trop heureuse. "Qu'est-ce qui ne va pas à m'embrasser? Je n'ai pas de mauvaise haleine ou quoi que ce soit."

Nancy se pencha et lui murmura à l'oreille:

"Fais attention, sauterelle."

Toujours capable de réfléchir rapidement, Bob essaya de mieux tourner son objection en confrontant la belle blonde.

«Si nous nous embrassons, je veux que ce soit un vrai baiser», expliqua-t-il. "Non pas que ce soit un spectacle pour vos amis."

"Ahhh, tu n'es pas la chose la plus douce du monde?" cria-t-elle, mettant sa main sur le côté de son visage et lui lançant un regard d'excuses et de compassion.

Bob pensa qu'il avait réussi à esquiver la demande jusqu'à ce qu'elle se pencha en avant et pressa ses lèvres contre les siennes.

Au début, Bob ne l'a pas embrassée en retour.

Il accepta ses lèvres contre les siennes de la même manière qu'il accepterait un baiser sur sa joue, mais ce n'était pas assez bien pour Julia..

Elle ne s'est pas arrêtée jusqu'à ce qu'il ait commencé à l'embrasser.

Pourtant, cela ne lui suffisait pas.

Elle glissa sa main derrière sa tête, maintint son visage contre le sien et insista pour en avoir plus.

Sentant qu'il n'avait pas d'autre choix, Bob obéit jusqu'à ce que leurs langues se rencontrent dans une bataille féroce et extrêmement intense pour la suprématie entre eux.

Julia s'est suffisamment reculée pour annoncer:

"Merde, c'est bon!"

Puis il pressa ses lèvres contre les siennes et en demanda plus.

Trop ivre pour s'en soucier, Bob lui rendit son baiser.

Y avait-il un moyen d'embrasser Julia qui rendrait Nancy jalouse?

Allumant son charme, se consacrant à l'instant les yeux fermés, les choses allaient bien jusqu'à ce qu'elle sente la main de Nancy se poser sur sa cuisse.

Bob gémit quand Nancy essaya de déboutonner le devant de son pantalon.

Il essaya de repousser le bras de Julia pour arrêter Nancy, mais Julia ne le permit pas.

Dès qu'elle sentit son bras bouger, elle l'attrapa par le coude et le força à garder son bras autour d'elle.

Son autre bras était coincé entre le dossier du canapé et son corps, inutile d'arrêter Nancy.

"C'est dur?" il a entendu Any demander.

"Oh ouais," rit Nancy, se pressant contre le dos de Bob et caressant son cou alors qu'il continuait d'embrasser son amie. "Si fort que je pense que vous devez nous le montrer."

Une fois de plus, Bob gémit son objection.

Dès qu'il le fit, Julia gémit à nouveau dans sa bouche, comme si elle avait gémi de passion au lieu de panique.

"Détends-toi," murmura Nancy à son oreille.

Son souffle était chaud contre son cou.

"Nous voulons vraiment le voir et qui sait ce qui se passera si vous nous le montrez?"

Bob a continué à embrasser Julia, ne sachant pas quoi faire.

"Tu sais que tu veux ça," ronronna Nancy, tirant sur la fermeture éclair sur le dessus de son jean.

Quand il sentit la main de Julia glisser le long de son ventre plat, il abandonna et partit avec elle.

CHAPITRE 20

Julia glissa sa main dans la ceinture de son caleçon et caressa son érection avant de rompre son baiser pour qu'elle puisse voir où il se touchait.

"Comme c'est doux," dit-il avec un cri d'ivresse dans la voix.

Quand Nancy a commencé à enfiler son pantalon, Bob a soulevé ses fesses du canapé.

Nancy a également enlevé son boxer.

«Que penserait Andy? Tout demandé.

"Merde," dit-elle.

«Andy ou Bob? Any a demandé avec un rire lubrique quand Julia a soulevé la chemise de Bob au-dessus de sa tête.

Plus vite qu'il ne l'aurait souhaité, Bob se retrouva assis nu et dur sur son canapé entre deux belles blondes tandis qu'Any la brune regardait anxieusement entre ses jambes.

"Malédiction."

"Je sais," dit Nancy, giflant sa bite dure. «Elle est jolie, non?

"Je peux toucher?" Demanda Julia, déjà à sa recherche avant que Bob ne puisse hocher la tête avec empressement.

Pourquoi ne pas la laisser toucher?

J'espérais qu'au moins une de ces filles voulait faire beaucoup plus que simplement le toucher.

Julia caressa son érection, évitant délibérément la partie où elle voulait le plus sentir son toucher.

Il se concentra sur la chair douce et nue autour de son membre enflé et douloureux.

"Cela semble vraiment sexy."

"Ce n'est pas comme ça?" Dit Nancy en la caressant aussi. "J'aime."

"Eh bien, il a l'air sexy comme l'enfer," dit Any depuis sa chaise. "Cela le fait ressembler à une star du porno."

"Ressens-le," insista Julia.

"Je ne peux pas. J'ai un petit ami, tu te souviens?"

« Aussi Nancy et elle le touche.

"Cela ne compte pas si vous ne touchez pas sa bite," dit Nancy, poussant Bob à se lever. "Vas-y. Laisse-la se sentir par elle-même."

Lentement, les genoux de Bob ont commencé à trembler.

Était-ce l'alcool ou le fait d'être nu devant les trois femmes qui avait affaibli ses genoux?

Je n'étais pas sûr.

Peut-être une combinaison des deux.

Il encercla attentivement Julia jusqu'à ce qu'il se tienne devant Any.

Son sexe palpitait.

Il ne voulait pas que sa bite palpite, sauf qu'il était excité et c'est ce que faisaient les bites excitées.

"Ooohh, es-tu si heureux de me voir?" Tout a demandé, en riant.

Très soigneusement, il passa une main le long de son ventre, le long de son bassin, et se rapprocha lentement jusqu'à ce qu'elle touche des parties de son anatomie qui étaient auparavant couvertes de poils pubiens.

"Merde, ça fait du bien, n'est-ce pas?" Elle le regarda et lui demanda: "Tu aimes ça?"

"Oui."

« Est-ce que Nancy a vu Julia faire ça ou a-t-elle aussi aidé? Tout demandé.

« Elle regardait juste », dit-il. « Puis-je m'habiller maintenant?

"Non, je pense que tu dois rester comme ça," dit Nancy, attrapant ses vêtements et les poussant derrière elle.

"Ah allez," se plaignit-il, commençant à se sentir mal à l'aise. "Vous avez déjà eu votre émission."

"Pas question Bobbie," dit Nancy avec un sourire espiègle. "Maintenant que tu es nu, tu dois rester comme ça."

"J'aime ça," lui dit Any en lui tapotant les fesses. "Je pense aussi que tu devrais rester comme ça."

"Il est tellement sexy," dit Julia à Nancy comme si Bob n'était pas là. "J'adore ses muscles."

"Tu sais que je peux t'entendre, n'est-ce pas?" Demanda Bob, passant devant elle pour se rasseoir.

Peut-être que s'il s'asseyait et croisait les jambes ou quelque chose comme ça, il ne se sentirait pas aussi nu.

Avec les deux filles assises de chaque côté de lui, croiser ses jambes ne faisait rien pour cacher sa bite à sa vue.

Abandonnant, Bob étendit ses longues jambes, croisa ses pieds au niveau des chevilles et posa ses mains sur sa tête.

Épissé.

S'il ne pouvait pas le cacher, il pourrait le montrer.

«Pourriez-vous me mélanger un autre verre? Demanda Nancy en lui tendant un verre presque vide.

«Je pense que tu devrais boire le mien», suggéra-t-il.

"Le vôtre est principalement du rhum. J'aimerais que le mien soit plus proche de la moitié et de la moitié", dit-il.

"Alors tu devrais probablement le faire toi-même," dit Bob, ne voulant pas défiler dur et nu devant les trois filles.

"S'il vous plait?" elle roucoula, grimaçant.

Encore une fois, Bob a cessé d'essayer de discuter.

Acceptant son verre, il se leva et entra dans la cuisine, ignorant la sensation de trois paires d'yeux le regardant marcher nu.

"Dommage que YouTube n'ait pas de pornographie dessus", a déclaré Any depuis le salon. «Ça pourrait être amusant de voir ce qui se passe s'il est trop excité.

"Hmm, je pense que je peux résoudre ce problème," suggéra Nancy, prenant son contrôleur de système de jeu et ouvrant une fenêtre de navigateur de console.

"Bonjour," l'appela-t-elle. "Quel genre de porno aimez-vous regarder?"

«Je ne regarde pas de porno», mentit-il, lui rapportant son verre plein.

Selon ses instructions, il l'avait mélangé en moitié-moitié.

"Merde," dit Nancy, se dirigeant vers un site porno.

Heureusement pour lui, elle en a choisi un qu'elle n'avait pas sauvegardé dans ses favoris.

«Pourquoi sommes-nous, mesdames?

"Regarde si tu peux trouver une vidéo de Gang-Bang, j'adore les regarder," hurla Julia sans se rendre compte de ce qu'elle avait révélé sur elle-même.

«Bizarre», dit Nancy, en cliquant sur les menus comme si elle comprenait parfaitement le fonctionnement du site porno gratuit.

"Peut-être que les groupes sont une meilleure option. Bob pourrait aimer voir des femmes nues."

Elle a cliqué sur une vidéo aléatoire d'un putain de festival de groupe.

"Ça me va," dit Julia alors que Bob la passait à nouveau.

Elle attendit qu'il s'assoie avant d'annoncer:

«Je pense que tu devrais faire plus de boissons. Voudrais-tu aussi la tequila?

"Je n'ai pas besoin de boire", dit-il, indifférent à l'idée de parader une seconde fois.

"S'il vous plait?" demanda-t-elle, l'implorant de la même manière que Nancy.

Bob soupira, se leva et sentit les regards des trois femmes sur son corps comme si elles étaient médecins.

Il revint avec la bouteille et se rendit compte qu'elle aussi attendait qu'il remplisse les verres.

Il en a rempli trois.

«Aux hommes nus et à leurs érections», suggéra Nancy comme un toast.

Bob l'a enfoncé dans sa gorge de toute façon, suivi immédiatement par une petite gorgée de rhum et de Coca.

Il avait dépassé sa limite.

Il était officiellement ivre.

CHAPITRE 21

"Bob, serais-tu ma chérie et rafraîchirais-tu mon Coca?" Any a demandé avec un grand sourire lubrique alors qu'elle tenait son verre tout en regardant directement sa bite dure.

"Oui, madame," dit-il. «Voulez-vous que je mette aussi un sachet de thé?

"Attends, qu'est-ce que ça veut dire?" »Demanda-t-il, cherchant de l'aide dans la pièce.

"C'est là qu'un mec met ses couilles dans ta bouche," expliqua Julia.

"Il ne peut pas mettre ses couilles dans ma bouche," dit Any, surpris. "J'ai un petit-ami!"

"Non, mais il pourrait mettre un sachet de thé dans ton verre, c'est ce qu'il voulait dire." Julia a dit, montrant une compréhension surprenante du terme d'argot.

"Regarde comme ça, au moins je ne mettrais pas de poils pubiens dans ton verre," ajouta Nancy, riant trop à la discussion.

"Votre boisson," dit Bob, revenant avec son verre plein. "Pas de sachets de thé."

"Tu pourrais mettre un sachet de thé avec ma boisson si tu veux," dit Julia en lui tendant sa margarita presque pleine avec son bord complètement salé.

"Fais le!" Tout le monde l'a encouragée, comme si elle avait bu. "Je te défie!"

"Et puis je le boirai," dit Julia, poussant son verre sur la table basse vers lui.

"Ouais, et je parie qu'elle va te lécher les couilles aussi," suggéra Nancy.

Bob secoua la tête en voyant le trio de filles qui le fixait.

"Je suis trop ivre pour savoir s'il plaisante ou pas."

"Moi aussi," dit Julia.

"Oh, fais-le," ajouta Any et comme elle était la seule sobre du groupe, Bob accepta cela comme preuve qu'il le devrait.

Il fit le tour de sa table basse, devant Any, qui fixait directement sa bite dure comme si c'était la chose la plus fascinante qu'elle ait jamais vue.

Il s'arrêta lorsqu'il atteignit le coin du canapé.

« Un sachet de thé », dit-elle en se tenant les mains sur les hanches.

"Attends, j'ai besoin de documenter ça," dit Nancy en saisissant son téléphone portable.

"Je ne le ferai que si vous le faites aussi!" Dit Julia.

"Bien sûr," acquiesça Nancy en levant son téléphone et en hochant la tête pour qu'ils continuent.

Bob se raidit encore plus qu'il ne l'avait été auparavant.

Il garda son corps immobile pendant que sa bite dure et fière était également au garde-à-vous.

Il regarda Julia lever son verre, pressant le verre froid contre ses cuisses jusqu'à ce que ses boules pendantes tombent dans sa margarita.

"C'est vraiment froid," dit-il, luttant contre un frisson.

"Je pense que du sel est tombé autour de toi," dit Julia en riant.

Elle fit mine de prendre une gorgée de son verre après que son sachet de thé ait posé son verre puis mis ses deux mains sur ses hanches.

Elle l'attira devant elle et commença à lécher, embrasser et sucer le sac de balle alors que sa bite dure palpitait avidement contre son front.

« Tu as encore froid? demanda-t-elle en s'écartant et en le regardant.

"Non, pas le moins du monde," dit-il alors que sa bite palpitait avec appréciation.

"D'accord, maintenant c'est ton tour," dit-elle à Nancy, poussant Bob vers elle.

C'est là que, même ivre, Nancy a fait quelque chose de très intelligent.

"D'accord," dit-il, passant son téléphone à Julia et s'assurant que les photos incriminées ne restaient que sur son téléphone.

"Assurez-vous simplement de le garder en mode paysage, d'accord?"

"Très intelligent," dit-il en la regardant avec un grand sourire.

"Et sexy," dit-elle en riant.

Elle tenait son verre contre ses couilles, le déplaçant de haut en bas jusqu'à ce que son sac suspendu soit humide et refroidi avec sa boisson avant de prendre une gorgée rapide.

Avec un mélange de rhum et de Coca dégoulinant de ses parties masculines, Nancy pressa son visage contre son entrejambe et baigna avidement ses couilles avec sa langue.

"D'une certaine manière, je ne pense pas qu'Andy l'approuverait," dit Any.

"Probablement pas," dit Nancy. «Alors je suppose que ce n'est pas grave si je fais ça aussi.

Elle lécha sa bite jusqu'à ce qu'elle atteigne sa tête enflée et la tira complètement dans sa bouche.

Elle a bougé sa tête de haut en bas de sa longue bite dure plusieurs fois pendant que ses amis l'encourageaient.

Finalement, elle s'écarta, lui sourit et dit:

"Tu vois? Je t'ai dit que ce serait amusant d'être nu."

"Sauf que tu t'es arrêté," se plaignit-il.

«Est-ce que j'ai arrêté ou est-ce que j'ai juste fait ma part pour te réchauffer? Il a demandé avec un sourire malicieux.

Elle prit une autre gorgée de son verre et lui fit un clin d'œil.

"Maintenant, asseyez-vous et regardez du porno avec nous."

"Pourquoi me torturent-ils comme ça?" demanda-t-il, s'asseyant et luttant avec son excitation.

"Ah, pauvre Bob," dit Any, mais ensuite elle rit, détruisant tout sentiment de compassion qu'elle offrait. "Nue et dure devant trois filles qui apprécient la série. Que devriez-vous faire à ce sujet?"

«Hey Julia? Demanda Nancy, regardant derrière Bob son amie de l'autre côté du canapé. "Avez-vous déjà vu un garçon se masturber?"

"Jamais dans la vraie vie", a-t-il rapporté, regardant plus sa virilité que la télévision.

Lorsque la suggestion derrière la question de Nancy pénétra dans son cerveau imbibé de tequila, elle leva les yeux vers lui.

"Tu pourrais faire ça?"

"Si nous le rendons assez excité, je parie qu'il le fera", a déclaré Nancy, se portant garant de lui.

«Allumez-le comment? elle a demandé, caressant légèrement la longueur de sa bite dure. "Tu aimes ça?"

"Attends, je peux voir ça?" Tout demandé.

"Pourquoi pas? Tu ne fais rien," suggéra Julia.

«Je suppose que ce n'est pas différent de regarder du porno», a supposé Any, croisant les jambes et se retournant dans sa chaise rembourrée pour une meilleure vue de la série.

Confus, Bob a essayé de comprendre ce qu'il était censé faire.

Était-il censé se masturber?

Si oui, pourquoi Julia le caressait-il?

Et pourquoi Nancy le regardait-il comme ça?

Cette dernière réponse est devenue évidente lorsque Nancy a mis sa main derrière la tête de Bob et l'a tiré vers elle.

"Après demain, je ne devrais probablement plus faire ça. Mais d'ici là ..."

Dès que leurs lèvres se sont rencontrées, leurs lèvres se sont séparées et ils se sont embrassés aussi profondément et passionnément qu'ils auraient pu sans que le public ne les regarde.

Bob se tortilla sous la main de Julia, reconnaissant qu'elle était une femme différente qui le touchait et ne s'en souciait pas.

Rien ne comptait plus pour lui que d'embrasser Nancy et de sentir son excitation grandir à chaque battement de son cœur.

"Maintenant tu le fais," dit Nancy, s'éloignant et mettant la main de Bob sur sa queue. "Montre nous."

«Je ne peux pas faire ça», dit-il, alors même que sa main commençait à monter et descendre son membre.

"Nous voulons vous voir le faire," ronronna Nancy, passant ses doigts dans ses cheveux courts. "Et tu es très dur."

"Ils m'ont mis comme ça."

"Alors montrez-moi. Montrez-nous tout. "

"C'est fou," dit-il en tournant la tête ivre, incapable de comprendre si ce qu'il faisait était bien ou mal.

«Non, c'est sexy comme l'enfer», a-t-elle corrigé de l'endroit où elle était assise.

"Fais-le," l'entraîna Nancy, saisissant doucement ses couilles rasées.

"Putain, c'est chaud," ronronna Julia, se déplaçant à ses côtés.

Il jeta un coup d'œil à la belle blonde et l'attrapa avec une main entre ses cuisses.

«Embrasse-moi», lui dit-il et elle le fit.

Ses baisers n'étaient pas aussi doux que ceux de Nancy, mais ils étaient impatients.

Il frappa sa langue avec la sienne, appréciant ses petits gémissements et la façon dont elle se tordait avec le même besoin qu'il ressentait.

«Tu vas me faire jouir», prévint-il.

"Faites-le," dirent Julia et Nancy en même temps.

Les deux femmes pendaient de ses épaules, le regardant tirer, tirer et travailler sa bite dure et gonflée pour la libérer avec douleur et besoin.

Comme c'était arrivé la première fois qu'il avait donné un spectacle à Nancy, il est venu avec une telle force qu'il a tiré du sperme aussi haut que ses mamelons.

"Saint ciel!" Tout le monde a applaudi quand Julia s'est éloignée comme si elle était dans la ligne de mire.

"Vas-y," cajolait Nancy, attrapant ses couilles nues, le trayant, l'encourageant à libérer toutes ses frustrations refoulées.

Et ruissellement après un jet blanc crémeux de son éjaculation pulvérisé contre lui de la poitrine au nombril et au-delà jusqu'à ce qu'il disparaisse.

Il frissonna, se sentant satisfait et honteux de lui-même.

"C'était si chaud!" Julia gémit, comme si elle avait aussi un orgasme.

Elle embrassa sa joue et tourna la tête vers son épaule, regardant Nancy passer un doigt dans son sperme sur sa poitrine et son ventre.

"Refais-le."

"Euh, non," dit Any, perplexe. "Je pense qu'il est temps d'y aller."

«Mais les choses deviennent intéressantes» bouda Julia.

"Non, les choses vont devenir incontrôlables si nous ne partons pas," insista Any, se levant et ramassant son sac.

"Si tu restes, je parie que nous pourrons le faire recommencer," dit Nancy, fourrant son doigt couvert de lait dans sa bouche comme si elle sirotait une glace.

"Non, sérieusement, il se fait tard," insista Any, fixant toujours la bite de Bob. "Et le voir comme ça me donne envie de faire des choses que je sais que je ne peux pas faire."

CHAPITRE 22

Quand Julia a demandé si elle pouvait rester, ils ont échangé un regard entre Nancy et Any que Bob pensait être important.

S'il n'avait pas été aussi ivre et légèrement groggy de son orgasme, il était sûr qu'il aurait compris la signification de ce regard entendu.

Au lieu de cela, il a également été surpris lorsque Nancy s'est levée et a déclaré:

"Tout a raison. Il est presque minuit."

Julia, l'air confuse, se leva elle aussi.

Elle tendit la main vers son sac et faillit tomber.

"Wow," dit-elle, riant et acceptant l'étreinte d'Any.

"Et toi, Nancy? Comment vas-tu rentrer à la maison?"

«Je passe la nuit ici,» dit Nancy, les conduisant à la porte. "Dans la chambre d'amis."

"Uh-huh," dit Any avec un sourire entendu.

"Je jure," insista Nancy, s'arrêtant à la porte ouverte jusqu'à ce qu'elle soit sûre que ses amis étaient partis.

Il se retourna, s'appuya contre la porte fermée et sourit à Bob.

"Tu es juste devenu l'homme le plus sexy que j'aie jamais rencontré."

"Merci," dit-il en se levant et en regardant ses vêtements.

Vous devriez vraiment vous nettoyer avant de vous rhabiller.

"N'ose pas," dit Nancy. "Vous n'êtes pas autorisé à vous habiller."

Il la regarda, toujours confus et souhaitant ne pas être aussi ivre.

"Ils reviennent?"

"Non," dit-il, relâchant finalement la poignée de porte. "C'est juste nous. Je t'aiderai à nettoyer si tu veux."

"D'accord," dit-il, se sentant toujours pris au piège de la stupidité alors qu'elle commençait à attraper des verres à liqueur et à les porter dans la cuisine.

Lentement, il réalisa le genre de nettoyage qu'elle voulait dire.

"Est-ce que je peux prendre une douche rapide?"

"Tant que tu restes nu."

"Pourquoi pas?" demanda-t-il, ce qui signifiait comme une blague. "Je n'aimerais pas mouiller mes vêtements."

"Mm, je ne pense pas que tu devrais t'inquiéter pour ça pendant que je suis ici," dit-il, lui donnant un rapide baiser sur la joue avant d'attraper le reste des lunettes.

Bob se sentait coupable du nettoyage que Nancy faisait pour lui.

Sa douche a duré aussi longtemps qu'il a fallu pour rincer le sperme de son corps.

L'eau qui éclaboussait son visage le calma aussi un peu.

Toujours nu, il trouva Nancy dans la cuisine en train de laver des verres et de charger son lave-vaisselle.

Elle essuya ses mains, se mit dans ses bras et l'embrassa profondément.

"C'était pour quoi ça?" demanda-t-il, se demandant s'il avait besoin d'une deuxième douche pour le dégriser encore plus.

"Parce que tu es le meilleur ami qu'une fille puisse souhaiter et je t'aime."

«Je t'aime aussi,» dit-il, refusant d'être obsédé par son choix de mots.

Nancy était ivre aussi, non?

Elle le ramena vers le canapé où sa boisson était toujours sur sa table basse.

Il se rendit compte que sa boisson était presque pleine.

«Tu bois depuis aussi longtemps que moi?

"Probablement pas," dit-il en prenant une petite gorgée de son verre. "Il faut plus que quelques coups de tequila pour me faire tomber." Sans demander, elle se blottit contre lui, lui donna un autre baiser et tâtonna entre ses jambes. «Pensez-vous que vous pouvez la rendre difficile ce soir?

"Probablement," dit-elle, sentant déjà les changements nécessaires se produire entre ses jambes.

Il aimait la façon dont sa petite main se sentait sur sa bite.

"Bien, parce que je ne veux pas le faire seule," dit-elle en l'embrassant à nouveau et ils ont continué à s'embrasser jusqu'à ce qu'il soit complètement dur. "Comment êtes-vous ivre?"

"Parce que?"

"Parce que tu es drôle quand tu es ivre."

Elle lui tendit son verre et lui fit signe de prendre une gorgée.

«Plus», insista-t-elle.

Elle avala une gorgée plus profonde du mélange moitié-moitié qu'il avait préparé pour elle.

Elle caressa son érection.

"Est-ce que je peux continuer à faire ça?"

Il hocha la tête. "

D'accord, maintenant un autre verre. "

«Si je bois plus, je vais m'évanouir», prévient-il avant de suivre ses instructions.

Il essaya de lui rendre le verre.

Elle l'a accepté, mais au lieu de le boire, elle l'a remis sur la table.

«Je sais que je deviens vraiment stupide quand je me saoule», dit-il.

C'était comme si sa langue était trop épaisse pour sa bouche, trop épaisse ou trop paresseuse pour prononcer chaque mot.

"Je sais, et vous ne vous souvenez généralement pas de grand chose le lendemain matin."

«Certaines choses», insista-t-il, même s'il était plus facile d'accepter ce qu'elle disait comme vrai.

«Mais pas tout», dit-il avec un sourire.

Elle l'embrassa à nouveau et il aimait ça.

Il aimait la façon dont il l'embrassait.

"C'est amusant d'être nu et dur avec toi."

"Parce que ?"

"Parce que je sais que tu as toujours un petit ami et que ce n'est pas moi."

"Veux-tu être mon petit ami ?"

Quand Bob hocha la tête, c'était comme si toute la pièce était d'accord avec lui.

Il garda la tête très immobile.

Trop de mouvement n'était pas une bonne idée pour le moment.

"Tu es si jolie."

"Et tu es vraiment ivre," dit-elle en se moquant de lui.

"Tu m'as mis comme ça. Et tu m'as déshabillé aussi. C'est un mot drôle, n'est-ce pas ? Nu. J'aime être nu devant toi."

"Tu te souviens de la première fois que tu es devenu fou devant moi ?"

"Uh-huh," dit-il. "La semaine dernière, quand nous avons fait des choses que nous ne devrions pas faire."

"Ce n'était pas la première fois," dit-il, frottant toujours sa bite dure.

Il se pencha et s'embrassa à nouveau.

« Tu ne te souviens pas de ta soirée de travail il y a deux ans ? Celle que j'ai dû te ramener à la maison parce que tu étais trop ivre.

"C'est à ce moment-là que vous avez dit que tous ceux avec qui je sors portent des lunettes."

« Ouais, tu étais vraiment ivre cette nuit-là. De quoi tu te souviens d'autre ?

« Je voulais des crêpes », dit-il, sûr que c'était la vérité.

« Je devais presque vous emmener dans votre chambre.

"Vous êtes vraiment forte."

"Après t'avoir mis sur le lit, je t'ai aidé à te déshabiller, tu te souviens ?"

"Non," dit-il, sûr qu'il se souviendrait qu'elle l'avait blotti.

« Quand j'ai enlevé ton pantalon, j'ai aussi accidentellement enlevé tes sous-vêtements.

"Méchant," dit-il d'une voix traînante.

"Je jure, c'était un accident", a insisté Nancy.

Bob ne s'est pas disputé avec elle.

Se disputer exigeait trop de concentration.

«Mais je t'ai vu nue et j'ai vraiment aimé ça.

«J'aime être nu pour toi», dit-il.

Elle a souri.

"Tu pensais que c'était amusant que je puisse te voir nue et tu voulais être dur pour moi."

"Non," dit-il, incapable d'imaginer un monde où il se déshabillerait et se raidirait devant Nancy.

"Et tu es devenu dur," dit-elle en lui donnant un baiser. "Vraiment difficile." Elle lui donna un autre baiser avant de demander, "Et tu te souviens de ce qui s'est passé ensuite?"

Il secoua la tête.

"J'ai baissé ma bouche sur elle."

"Tu l'as fait?" demanda-t-il, surpris et excité à l'idée que Nancy lui fasse une pipe.

"Ouais, je t'ai sucé jusqu'au bout et tu ne t'es jamais souvenu."

"Ce n'est pas juste," dit-il, trouvant son érection entre ses jambes et la tirant dessus. «Parfois, j'imagine que tu fais ça quand je me masturbe.

«Je vais le faire maintenant», dit-il. "Mais tu ne peux jamais le dire à personne."

«Non Andy!

"Uh-huh, pas Andy ou Julia ou n'importe qui ou qui que ce soit."

«Je pense que Julia m'aime bien.

"Je pense que Julia est une putain bizarre qui baise beaucoup d'hommes différents quand elle se saoule."

"Oui!" Bob était d'accord sans aucune base, en fait, mais si Nancy a dit que c'était vrai, ça l'était. "Cependant, tu ne l'es pas. Tu ne baises jamais avec tes amis."

«Parfois je le fais», dit-il. "Comme ce soir."

Elle embrassa ses lèvres avant qu'il ne puisse penser à quoi que ce soit à dire.

Puis elle embrassait sa poitrine et son ventre et Bob pensa que c'était vraiment bien qu'il soit nu parce qu'il ne voulait pas qu'il s'arrête.

Et Nancy ne l'a pas fait.

CHAPITRE 23

Elle se glissa au sol devant lui, entre ses genoux écartés et passa un moment à admirer son sexe en érection et la chair douce qui l'entourait.

Elle berçait sa bite dans ses mains comme si elle était aussi précieuse pour elle que pour lui.

"Quand nous jouions ce week-end dernier, tout ce à quoi je pouvais penser était le moment où je t'ai fait une pipe et tu étais trop ivre pour te souvenir. Je te l'ai presque dit, sauf que je ne pouvais pas."

Elle remplaça ses mains par sa bouche, l'attirant profondément entre ses lèvres et remontant lentement.

"C'est quelque chose que j'aime faire."

Elle a répété le mouvement.

"J'adore sentir une longue bite dure dans ma bouche."

Encore plus lentement, il répéta le mouvement une fois de plus.

"C'est mon type de porno préféré à regarder quand je me masturbe et c'est aussi mon activité sexuelle préférée."

Enroulant sa queue autour, il bougea sa tête de haut en bas plusieurs fois en succession rapide avant de s'arrêter à nouveau pour admirer l'essence de sa virilité.

«C'est si bon», grogna Bob, convaincu qu'il dormait et rêvait parce que le simple fait d'être au milieu d'un rêve intense pouvait expliquer ce qu'il ressentait.

"Ressens ça," dit-elle avant d'enrouler à nouveau sa bouche autour de lui.

Elle le tint dans sa bouche, plaçant sa langue contre le dessous de son membre et le tint dans sa bouche chaude et humide pendant un long moment avant de s'éloigner.

«J'ai senti chaque battement de ton érection. C'est comme si je pouvais sentir ton cœur battre.

"Tu me rends tellement dur," dit-il, incapable de trouver des mots plus élégants pour honorer ses actions.

"Et comment tu es rasé, je peux faire ça," dit-il en caressant à nouveau ses couilles.

Il attira doucement chaque balle dans sa bouche et la caressa avec sa langue avant de la relâcher.

"Je ne peux le faire que lorsque l'homme se rase parce que tous ces cheveux me semblent dégoûtants."

"Je suis rasé."

"Je sais," dit-elle en lui souriant avant d'explorer et de jouer avec lui.

Parfois, quand ils s'embrassaient, Bob se sentait perdu dans l'instant.

Il ne pouvait pas dire si leurs lèvres avaient été pressées l'une contre l'autre pendant une seconde ou plusieurs heures après avoir fini.

C'est aussi ce que ressentait sa pipe.

Avez-vous passé des heures à genoux ou de simples moments?

Il ne pouvait pas être sûr.

Parfois, il savait qu'elle le taquinait, le réveillant délibérément si près d'un orgasme qu'il perdait du liquide.

Puis elle se concentra ailleurs jusqu'à ce qu'il se calme suffisamment pour qu'elle puisse jouer à nouveau.

Encore et encore, elle le taquinait au bord de l'orgasme avant de s'éloigner.

"Ça fait mal," dit-il, luttant pour expliquer à quel point il se sentait excité.

Sa bite humide et luisante luttait pour la libération qu'elle lui refusait.

"Je ne peux pas croire que je ne t'ai pas sucé devant Any et Julia," dit-elle en se levant et en enlevant son pantalon.

Abasourdi, il la regarda se dégager de son pantalon et de sa culotte.

Il vit sa chatte, remarquant comment elle était rasée comme lui.

Il essaya de l'atteindre, mais elle repoussa ses mains.

"S'il vous plait?"

"Non," dit-elle en mettant ses doigts entre les plis nus de sa chatte. "Tu ne peux pas toucher, mais je veux venir aussi. Je veux te regarder et avoir un orgasme, d'accord?"

"D'accord," dit-il, voulant qu'elle le suce encore.

J'étais si dur et dans le besoin.

Allait-il laisser ça comme ça?

Il sentit son sexe palpiter et vit une autre goutte de précum suinter de la fissure de sa bite et le sentit couler sur sa longueur comme une goutte d'eau tiède.

Nancy était à genoux devant lui.

Ses yeux étaient fixés sur sa bite dure alors qu'elle se frottait la chatte.

Je pouvais entendre les sons humides de ses doigts travailler son clitoris.

Il souhaitait pouvoir la voir faire ça.

Il souhaitait pouvoir aider.

Il souhaitait pouvoir le faire pour elle.

"Ne viens pas," lui dit-il, tendant la main avec sa main gauche, tenant son érection et frottant un cercle autour de la tache sensible marquée par sa cicatrice de circoncision.

Elle a utilisé son précum comme lubrifiant, l'excitant suffisamment pour en produire davantage.

"Si proche," gémit-il, incapable de s'imaginer avoir besoin de plus.

Nancy haleta, retint son souffle et se mit à gémir.

"Vous partez?" Je demande.

Elle hocha la tête et continua à haleter et à gémir alors que son orgasme traversait son corps, s'accrochant à ses profondeurs et frissonnant au plus profond d'elle.

Alors que son corps célébrait encore sa libération des plaisirs charnels, elle se pencha en avant, prit sa bite dans sa bouche et la suça.

Elle leva et baissa la tête dans des mouvements déterminés alors que sa langue fouettait le dessous de sa queue, lui plaisant et jouant avec lui pour enfin lui offrir la libération.

D'une certaine manière, dans un autre monde, c'était comme si elle l'embrassait, seulement elle embrassait sa bite, et c'était trop pour lui de résister.

Il vint, explosant au fond de sa bouche en une longue série de jets douloureux qui auraient pu atteindre sa poitrine si elle n'avait pas été là pour l'attraper dans sa bouche.

"Oui!" cria-t-elle, soulevant son dos du canapé et se balançant avec le frisson de son orgasme.

Elle se balança d'un côté à l'autre alors que son estomac se serrait, déterminée à libérer le plus grand orgasme qu'elle ait jamais connu de la bouche de sa meilleure amie.

Enfin, elle s'écarta, laissant sa bite humide mais très propre derrière elle.

Il n'y avait plus aucune trace de son orgasme.

Souriante, elle chevauchait ses genoux et il sentit la chaleur de sa chatte près de sa queue.

Le fou ivre en lui espérait qu'ils allaient baiser aussi maintenant.

Au lieu de cela, elle pressa sa bouche contre la sienne et le récompensa d'un autre baiser.

Bob voulait lui dire quelque chose de romantique.

Il voulait dire plus que "je t'aime" parce que ces mots ne mentionnaient pas leur amitié.

"Mon Dieu, je t'aime vraiment bien," dit-il.

"Et vraiment, j'aime vraiment que tu sois ivre," dit-elle, frottant ses lèvres contre les siennes plus comme des amis pourraient s'embrasser sur les lèvres.

Elle sauta de ses genoux et lui tendit les mains, l'aidant à se lever du canapé.

"Maintenant va te coucher et souviens-toi de te mettre nue pour moi le matin."

"Je te le promets," dit-il, tenant sa bite et se demandant pourquoi c'était si bon.

Couvrant sa nudité, elle entra dans sa chambre sur la pointe des pieds, ferma la porte et rampa dans son lit.

Le lit était bon.

Il dormit, sans deviner que, dans la pièce à côté de la sienne, sa meilleure amie avait encore deux orgasmes avant qu'elle ne se sente assez détendue pour dormir.

CHAPITRE 24

Un rayon de soleil errant sur son visage rappela à Bob que les vampires avaient raison tout le temps, la lumière du soleil tue.

Il recula de la lueur et gémit.

Sa langue était détrempée alors qu'elle se demandait qui avait amené un chat dans sa chambre dans le but de chier dans sa bouche.

Elle tituba hors du lit, vaguement consciente de sa nudité alors qu'elle se tenait devant sa salle de bain.

Utiliser le mur devant lui comme support a rapporté des morceaux de ce qui s'était passé la nuit précédente.

Il se souvint de la pause de bain qu'il avait prise avant de se déshabiller.

Il se brossa les dents avant de prendre une douche, essayant de chasser l'odeur persistante de la nourriture chinoise suivie du rhum, du coca et de la tequila.

Il a essayé de rassembler les événements de la nuit précédente.

C'était plus ou moins clair jusqu'à ce qu'il se rende à la salle de bain et à partir de là, les choses se sont troubles.

Il se souvenait avoir regardé du porno avec les trois filles.

Non, ce n'était pas juste.

Ils avaient regardé des vidéos YouTube ensemble, vraiment racées.

Caché au plus profond de ce brouillard se trouvait le souvenir de s'être déshabillé devant eux.

Merde.

Il prit une douche et se rasait encore quand Nancy apparut à la porte de sa chambre avec une tasse de café.

"Comment te sens-tu, tigre?"

"Gueule de bois," grogna-t-il.

Il essuya la crème à raser de sa lèvre supérieure afin de pouvoir avaler l'humeur apportée par le liquide noir à l'intérieur de la tasse de café.

Une douzaine de tentatives plus tard, il a fini de se raser.

Nancy était appuyée contre la porte et regardait tout le temps.

"J'aime voir un garçon se raser."

«Je sais,» dit-il, passant une main sur ses parties nues.

Alors qu'il se sentait un peu mal à l'aise d'être nu devant elle, il s'en fichait.

Qu'avait-il qu'elle n'avait pas vu?

Il l'attrapa en train de regarder son front.

"Est-ce que je me suis nue devant tes amis?"

"Peut-être un peu nu," confirma-t-il en marchant vers la porte.

«À quel point est-il un peu nu? demanda-t-il en la suivant dans le salon et la cuisine.

"Assez nu pour que nous puissions jouer à lancer des bracelets autour de ta bite."

"Oh mon dieu, dis que tu plaisantes," dit-elle, se creusant désespérément la tête pour tout souvenir qu'elle pourrait avoir de ses amis lançant des bracelets sur sa bite dure.

Il est devenu vide, mais il savait que cela ne voulait rien dire.

"Détends-toi," dit-elle en se remplissant d'elle et de ses tasses à café. "C'était amusant."

"Avons-nous regardé du porno?"

«Nous avons regardé des vidéos YouTube», a-t-il déclaré, qui correspondait à sa mémoire.

"Et le porno?"

"Il aurait pu y avoir de la pornographie pendant que Julia te suçait."

Bob a failli cracher quand il s'est étouffé.

«Pas question de laisser Julia me sucer.

"Parce que?"

"Parce que je sais ce que tu ressens pour elle. Comment tu l'as dit il y a quelques semaines?" C'est une putain de monstre qui baise n'importe quoi avec une bite après trois verres. "Je pense que c'est plus ou moins comment tu l'as dit. du moins c'est l'essence de ce que vous pensez. "

"Ouais, d'accord. Mais il a aimé te voir nue."

"Et dur?"

"Vraiment dur."

"Et tout aussi?" demanda-t-il, même s'il ne pouvait pas imaginer être nu pour deux et non trois.

"Ouais, Any était celui qui t'as sucé aussi."

«Assez,» gémit-il. «Elle a un petit ami donc je sais qu'elle ne ferait pas ça.

"Oh, alors vous dites que je l'ai fait?" Demanda Nancy en haussant les sourcils.

"Dans mes rêves, vous l'avez fait," répondit Bob, ressentant un étrange sentiment de déjà-vu en prononçant ces mots.

Cela était-il arrivé?

Avait-il rêvé que Nancy l'avait sucé la nuit dernière?

Il détourna les yeux.

En pensant à elle d'une manière sexuelle, c'était plus embarrassant d'être nue devant elle.

Souriante, elle passa ses yeux sur lui et s'arrêta lorsqu'elle atteignit sa taille.

"Tu sembles aimer cette idée," ronronna-t-il.

Bob baissa les yeux, vit sa bite devenir plus épaisse et plus longue, et marcha derrière son bar à petit-déjeuner.

"Etre nu autour de toi est bizarre."

«C'est plus amusant quand on est dur», dit-elle, l'air déçue qu'il se soit déplacé derrière le comptoir.

Il prit une gorgée de café, essaya de voir à travers le brouillard de la nuit précédente et resta vide.

«Pouvez-vous me dire quelque chose sur ce qui s'est passé?

"Eh bien, j'aurais peut-être une photo ou deux," dit-il en décrochant son téléphone. "Mais je ne sais pas si vous allez aimer les voir."

"Maintenant que?" Le soupir.

"Que tu recommenceras la prochaine fois que nous nous rencontrerons."

«Faire quoi encore?

"Eh bien, mettre le sachet de thé dans nos boissons était amusant."

"Je n'ai pas fait ça," gémit-il, sûr qu'il se souviendrait de quelque chose d'aussi scandaleux.

Nancy passa son doigt sur son téléphone.

Il gémit à nouveau:

"Pourquoi m'as-tu laissé faire ça?"

"J'aurais peut-être aimé", dit-il, passant à la vidéo suivante qui montrait également son sac de balles nues dans sa boisson.

Elle l'a arrêté avant qu'il ne montre qu'elle le suçait.

«Nous étions censés vous saouler.

"Je sais," sourit-il en éteignant son téléphone. "Et croyez-moi, j'ai eu beaucoup de plaisir à vous montrer."

Son sourire s'est évanoui lorsqu'il a posé la question embarrassante:

«Et Andy?

Il prit une gorgée de café avant de révéler:

"Andy est la raison pour laquelle je n'ai pas couché avec toi la nuit dernière."

«De toute façon, même si c'était arrivé, il ne s'en serait probablement pas souvenu non plus.

Nancy sourit et l'embrassa sur les lèvres.

"Tu m'as promis hier soir que nous allions déjeuner le matin."

«Je ne me souviens pas très bien d'avoir dit cela», dit-il en se dirigeant vers sa chambre pour s'habiller.

Peut-être que oui, peut-être non, mais cela n'avait pas d'importance.

CHAPITRE 25

Ils ont pris une journée de congé et ont passé le reste de la matinée et la majeure partie de l'après-midi ensemble à visiter le parc et à faire du shopping au centre-ville.

Nancy se moqua de lui pour les choses qui s'étaient passées la nuit précédente et Bob resta vide en se demandant s'il disait la vérité.

À un moment donné, il a menacé d'appeler Julia.

Au lieu de cela, Nancy lui a montré un message texte que Julia avait envoyé plus tôt qui disait:

"Quand puis-je revoir Bob nu?"

"Je pense que c'est bien que nous ne sortions pas ensemble", a déclaré Bob. "Les copines ont tendance à devenir jalouses lorsque leur petit ami est nu avec d'autres femmes."

"Je ne le serais pas," dit Nancy en riant. "Je pense que je vais commencer à exiger que tous mes petits amis soient nus tout le temps. J'aime trop ça. Et ils devront se déshabiller devant mes amis. Oh, et se raser partout aussi."

"Wooh! J'ai tout ça!" Bob frappa dans ses mains.

***

Sur le chemin du retour, elle a passé du temps à envoyer des SMS à quelqu'un.

Cela semblait être une chose sérieuse, donc Bob ne la dérangeait pas avant de garer sa voiture.

"Tout va bien?" Je demande.

"Ecoute, je dois y aller. C'est Andy. Il est rentré la veille."

«C'est une bonne nouvelle, non? Dit Bob, se demandant pourquoi elle avait l'air choquée.

"Ouais, c'est juste ..." commença-t-elle, s'interrompant et détournant les yeux.

"Hé, c'est ton petit ami. Va te maquiller pour lui et donne-lui une chance de t'embrasser. Peut-être qu'il pleurera aussi dans la vraie vie."

"Je ne veux pas que les choses changent entre nous."

"Pourquoi le feraient-ils?" Bob a demandé, confus par son commentaire. "Nous sommes toujours les meilleurs amis, non?"

"Promets-moi que cela ne changera pas."

C'était une promesse facile pour lui.

Puis, il a ajouté: "Ce n'est pas grave si vous restez avec lui."

"Tu m'as dit hier soir que tu jouais avec moi."

«Je sais et je pense toujours que tu devrais t'inquiéter à ce sujet. Mais elle est rentrée tôt et cela doit signifier quelque chose, non?

"Je suppose."

«Et il est toujours Andy, non?

Quand il a vu qu'elle n'était pas très convaincue, il a énuméré les raisons pour lesquelles elle l'aimait.

"Il est beau, motivé et a de l'argent. C'est toujours vrai, non?"

"Probablement."

"Allez le voir. Donnez-lui une chance de pleurer pour vous dans la vraie vie."

"Il ne pleurera pas dans la vraie vie."

"Dix dollars oui," insista Bob.

«Cela n'arrivera pas», dit-il, s'arrêtant un instant de plus et regardant Bob. «Tu es vraiment mon meilleur ami, tu le sais, non?

«Sortez d'ici», haussa-t-il les épaules, lui souriant. "Va t'envoyer. Tu le mérites."

Bob est sorti, a contourné la voiture et a ouvert la portière.

"Nous sommes bien?" demanda-t-elle, toujours pensif.

«Nous allons bien,» dit-il, affichant un grand sourire.

Ils se sont dirigés vers sa voiture et il a attendu qu'elle démarre sa voiture avant d'entrer dans sa maison.

C'était une habitude que sa mère lui avait apprise: assurez-vous toujours que la voiture de la fille démarre avant de la quitter.

Il n'a pas hésité à le faire.

Alors qu'elle s'éloignait, il lui souhaita silencieusement bonne chance.

CHAPITRE 26

De retour dans sa petite maison, il vida son lave-vaisselle et nettoya un peu de la veille avant de replonger dans son jeu vidéo.

Suivre l'histoire était plus difficile alors que son esprit s'emballait.

Il ne doutait pas que Nancy et Andy régleraient les choses, à la grande consternation de Chris.

Ce serait une leçon pour Chris d'essayer de se mettre au milieu des choses.

Il pensa à Julia et se demanda si elle était vraiment aussi grosse qu'une putain de monstre comme Nancy l'avait toujours dit.

Serait-ce étrange s'il commençait à sortir avec l'un des amis de Nancy?

Il perdit la notion du temps, remarquant à peine que la nuit était tombée jusqu'à ce qu'il soit inondé par la lueur bleuâtre de sa télévision.

Il alluma une lampe, mangea les restes d'hier et retourna à son jeu.

Il se demandait comment les choses allaient changer avec Nancy après qu'elle ait arrangé les choses avec Andy.

Il était peu probable qu'ils s'embrassent davantage, mais qu'en est-il de se déshabiller devant elle et ses amis?

La pensée perdue a généré une émotion dans son pantalon qu'il a essayé d'ignorer.

J'ai essayé de reconstruire la nuit précédente.

Combien de temps l'avaient-ils gardé nu?

Toute la nuit?

Il se souvenait de s'être réveillé nu dans un lit vide.

Abaissant son contrôleur, il caressa sa longue et dure érection et imagina qu'ils le fixaient.

L'avaient-ils encouragé?

L'avaient-ils embrassé?

Il ne s'en souvenait pas.

Et que dire de la courte vidéo de Julia puis Nancy se léchant les couilles ?

A quel point était-ce fou?

Bob a enlevé ses vêtements et les a emmenés dans sa chambre.

Changement de votre téléviseur de jeu vidéo sur votre navigateur Internet.

Le navigateur s'est ouvert sur un site porno qu'il ne reconnaissait pas et se demandait pourquoi.

Avaient-ils fait plus que regarder des vidéos YouTube hier soir ?

Il sourit, souhaitant pouvoir se souvenir de plus lorsqu'il a commencé à travailler sur les catégories de ce nouveau site.

Il venait de démarrer une vidéo lorsque son téléphone a sonné au son de la réception d'un message texte.

CHAPITRE 27

Il jeta un coup d'œil à l'heure et vit que c'était juste après onze heures.

C'était étrange.

Habituellement, je n'ai pas reçu de SMS ou d'appels téléphoniques aussi tard.

Il décrocha son téléphone et vit un message de deux mots de Nancy:

"Êtes-vous debout?"

"Oui," répondit-il, souriant au double sens que sa question et sa réponse impliquaient.

"Je peux aller?"

"Bien sûr," répondit-il. "Tout va bien?"

"À bientôt."

Bob a regretté d'avoir demandé si tout allait bien.

Bien sûr que non.

Si tout allait bien, Nancy ne lui enverrait pas de textos aussi tard.

Si les choses se passent bien, elle devrait profiter du sexe avec son petit ami et ne pas envoyer de SMS à un ami.

Il enfila un short et un tee-shirt, fit une tasse de café et sortit également la grande bouteille de rhum de l'autre soir pour qu'elle puisse choisir ce qu'elle préférait.

Il était juste de nouveau assis devant sa télévision quand quelqu'un frappa doucement à sa porte d'entrée.

Dès qu'il ouvrit la porte, elle le serra dans ses bras.

"Vous êtes doué?" demanda-t-il en la tenant contre sa poitrine.

«Je vais mieux maintenant», dit-elle en le relâchant et en entrant chez lui.

Elle regarda le fond de la bouteille de rhum sur la table, tourna le bouchon d'un mouvement du pouce et tira une gorgée directement de la bouteille.

«J'avais soif», dit-il.

Il a sorti le reste du Coca de la nuit précédente et lui a jeté quelques glaçons dans un verre.

"Tout va bien?"

«Nous devons parler», dit-il en remplissant à moitié le verre de rhum.

Il prit une petite gorgée, grimaça à cause de la démangeaison et posa le verre sur sa table.

Prenant sa main, elle le conduisit à son canapé.

Bob a cherché sur son visage des indices.

D'après ce qu'il pouvait voir, elle n'avait pas pleuré, donc c'était bien, non?

«Comment va Andy?

«Je vous dois dix dollars,» dit-il avec un petit sourire. "Il ne l'a pas fait tout de suite, mais il a pleuré."

"Veux-tu en parler?"

Nancy hocha la tête, mais elle semblait également en conflit.

Elle a commencé à dire quelque chose, a écarté son premier choix de mots et a fait un deuxième essai.

"Pourquoi m'as-tu laissé partir cet après-midi?"

"Parce que tu avais besoin de voir ton petit-ami," répondit-il, confus par la question.

"Mais tu voulais que j'y aille?"

"Pas vraiment," dit-il. «Je veux dire, je sais que tu en avais besoin, mais j'aime être avec toi.

Pour la première fois, Bob s'est rendu compte que Nancy avait changé de vêtements avant d'aller voir Andy.

Il portait un jean et un t-shirt quand il est parti cet après-midi.

Maintenant, elle portait une jolie robe d'été et du maquillage.

Ses cheveux étaient également attachés et elle avait l'air bien guillerette.

Il pouvait imaginer à quel point elle devait être radieuse pour rencontrer Andy.

«Tu veux me dire ce qui s'est passé?

Cela a commencé avec les SMS qu'il avait reçus cet après-midi.

«Il a pris un vol plus tôt pour rentrer chez lui et s'est présenté au bureau à ma recherche, sauf que je n'étais pas là. Ensuite, il s'est arrêté chez moi et je n'y étais pas non plus.

"Wow," dit Bob.

"Je lui ai dit que je buvais avec les filles et que nous nous sommes retrouvés chez vous."

«Qu'est-ce qu'il a dit à ce sujet?

"Cela n'a pas vraiment d'importance," Nancy haussa les épaules. "Il voulait me rencontrer chez moi, mais je l'ai fait attendre. Je lui ai dit que nous devions parler, alors nous sommes sortis dîner."

"Comment était-ce?"

Nancy roula des yeux et soupira.

"Nous avons beaucoup parlé. Il s'est excusé pour les choses qui s'étaient passées et a également été honnête. Je ne pense pas que j'avais raison de lui dire que Chris m'avait montré cette photo, parce qu'alors il voulait savoir depuis combien de temps il savait qu'il était" méchant "."

"Comme si cela comptait."

"Je sais, non? Je veux dire, c'est lui qui m'a trompé, pas moi. Alors, quelle différence cela a-t-il fait quand et comment l'ai-je découvert?"

"Je pense toujours que c'est bien que tu lui aies dit", a déclaré Bob.

"Peut-être que je ne sais pas," dit Nancy, se tordant les mains sur ses genoux.

Elle resta silencieuse un moment avant de continuer, comme si elle rassemblait le courage de raconter la suite.

"Il m'a dit qu'il m'aime."

"Il a dit cela au téléphone aussi", a noté Bob.

"Je sais."

"Tu l'aimes?"

«Je pensais que je pourrais encore l'aimer après ce qu'il a fait. Je veux dire, nous nous sommes dit 'je t'aime', mais juste parce que tu le dis, ça veut dire quelque chose? Ce ne sont que des mots, non?

"Pas pour moi."

«Je sais,» dit-elle en regardant ses mains pendant un moment. "Je ne t'ai pas dit ce que nous avons fait ensemble, était-ce mal?"

"Je ne sais pas," dit Bob avec un haussement d'épaules. "Avons-nous fait quelque chose de vraiment mauvais? Des choses sont arrivées avec Any et Julia aussi, alors à quel point était-ce mauvais?"

«Tu ne te souviens vraiment pas, n'est-ce pas? Demanda Nancy avec un petit sourire.

«Je pense que tu t'es assuré que je ne me souviendrais de rien de la nuit dernière,» dit-il, l'accusant.

L'air très coupable, il hocha la tête avant de confesser:

«Mais savez-vous quelque chose? Je suis content que ce soit arrivé.

"Es-tu content de ce qui s'est passé?" Bob a demandé, ennuyé par sa mémoire assombrie après les injections de tequila.

"Tu n'as aucune idée à quel point tu es sexy avec moi."

«Assez,» dit-il en roulant des yeux.

C'était agréable d'entendre ça, mais je n'y croyais pas, surtout en venant de Nancy.

Elle avait la réputation de sortir avec de beaux hommes qui pouvaient travailler comme mannequins et elle méritait également ce calibre d'homme.

"J'ai un gros nez."

Ce n'était pas la première fois qu'elle le traitait d'excitant, mais il ne la croyait toujours pas.

«Tu as un gros nez,» dit-il en le poussant. "Cela correspond à votre visage et vous rend intéressant."

"Intéressant n'est pas beau."

"C'est mieux que le joli visage ennuyeux d'Andy."

"Finis de me parler de lui," dit Bob, craignant qu'ils ne s'éloignent trop du sujet.

"Sais-tu ce que j'ai aimé chez Andy?" elle a demandé. «Parfois, il pouvait me faire rire comme toi.

"Ça c'est bon."

"Sauf que ce n'était que parfois."

"D'accord, alors maintenant j'ai l'air intéressant et amusant," plaisanta-t-il.

Nancy a ignoré son humour d'autodérision.

«Tu sais ce que j'aimais d'autre chez lui? Parfois, il m'ouvrait une porte ou tirait une chaise d'un restaurant.

"C'est bien aussi", a déclaré Bob.

"Sauf que tu fais ça tout le temps. Tu te souviens de cet après-midi avant mon départ? Qu'as-tu fait?" elle a demandé.

Il haussa les épaules, pas sûr de ce qu'il voulait dire.

"Vous êtes resté dans l'allée jusqu'à ce que je parte."

"Ensuite?" Je demande.

"Mais tu fais toujours ça. Toujours."

"Uh-huh," admit-il, certain qu'il avait probablement oublié de le faire plusieurs fois.

Personne n'était parfait.

"Et la façon dont tu t'embrasses! Bon sang Bob, personne ne m'a jamais embrassé comme toi."

«Je peux dire la même chose pour vous», dit-il, rejetant tout le crédit. "Mais qu'est-ce que ça a à voir avec Andy?"

"Parce que tu es la raison pour laquelle j'ai rompu avec lui."

"Je?" demanda-t-il, plus confus que jamais. "Mais pourquoi?"

"Parce que je t'aime," dit-elle sèchement.

"Et je t'aime," dit-il automatiquement.

C'était une réponse simple et automatique.

"Non, je veux dire, je t'aime vraiment."

"Et je t'aime vraiment," répondit-il, ne réalisant pas la différence.

"Merde," dit-elle, l'air exaspérée.

Nancy se pencha et l'embrassa.

C'était un baiser profond et intense auquel je ne m'attendais pas.

Il l'embrassa en retour, heureux de sentir à nouveau ses lèvres contre les siennes.

Avec Andy de retour en ville, je ne pensais plus qu'ils feraient ça.

Sauf que si elle avait rompu avec Andy, peut-être qu'elle allait de nouveau bien?

Nancy a glissé sa main entre ses jambes et a commencé à le caresser.

Bob s'écarta, rompant leur baiser et la fixa.

"Es-tu sûr que nous devrions faire ça?" Je demande.

"Oui," dit-il, glissant sa main à l'intérieur de la ceinture de son short jusqu'à ce qu'elle touche sa virilité lisse et rasée.

Il se pencha pour un autre baiser.

Pendant un long moment, Bob se sentit perdu dans la joie de ses lèvres contre les siennes et le frisson de son contact avant de se reculer.

"Mais tu es célibataire maintenant."

«Je sais,» dit-elle, se levant et sentant le long de la robe d'été.

Il trouva la fermeture éclair cachée sous son bras.

Lorsqu'elle a décompressé sa robe, sa robe est tombée à ses chevilles et a révélé ses seins parfaits.

Bob resta bouche bée devant sa nudité, abasourdi par son apparence parfaite.

Bob a eu du mal à regarder son visage au lieu de regarder ses seins nus.

Aussi superficiel qu'il semblait l'admettre, il ne pouvait pas se souvenir d'un moment où il n'avait pas admiré sa poitrine.

Il avait étudié les seins de Nancy, remarquant quand ses mamelons étaient durs, leur taille et leur forme.

Il avait admiré sa silhouette lorsqu'elle était couverte de pulls, de gilets ou bercée doucement dans un T-shirt moulant.

Mais aucune de ses suppositions ne pouvait le préparer à la voir seins nus, ne portant que des culottes.

Il arrêta d'essayer d'être timide en regardant sa poitrine.

«Ils sont beaux», dit-il avec un sentiment de révérence.

Nancy rit, chevaucha ses jambes et amena ses mains sur sa poitrine.

"Ce n'est pas grave si vous les touchez."

Bob a immédiatement capturé ses mamelons entre ses doigts et ses pouces, berçant et tordant doucement ses jumeaux et ses points de plaisir raides.

Elle haleta et sourit.

"J'aurais dû savoir que tu serais douée pour les jouer."

Elle se pencha pour un autre baiser et Bob continua à explorer ses seins, remarquant quel genre de contact la faisait gémir ou l'embrasser plus profondément.

Dans le petit espace entre eux, elle tâtonna entre ses jambes, frottant sa douleur avec force.

Nancy a rompu leur baiser, s'est levée et lui a souri.

«Enlève ta chemise,» dit-il, passant ses pouces dans la ceinture de sa culotte.

Il enleva sa chemise aussi vite qu'il le put, ne voulant pas manquer un moment où elle enlevait sa culotte.

Avec un sourire méchant, elle se révéla de la tête aux pieds, aussi nue et rasée que lui.

Se penchant, elle essaya de retirer son short, mais il l'arrêta.

«Je ne pense pas que nous devrions tous les deux être nus», a-t-il dit.

Son short moulant était sa seule protection contre les excès.

"Mais je t'aime," dit-elle, essayant à nouveau d'enfiler son short.

«Et je t'aime,» admit-il, incapable d'éviter de passer sa main sur son corps.

Son contact aboutit à un autre baiser alors qu'elle se levait et se penchait sur lui.

Une fois de plus, ses mains trouvèrent ses seins et elle n'avait pas besoin de la toucher entre ses jambes pour savoir à quel point il l'aimait.

Son désir se manifestait dans son baiser et comment ses mains caressaient son corps nu.

Si elle le permettait, il lui plairait de toutes les manières possibles, sauf qu'il savait qu'ils ne pouvaient pas faire l'amour.

"Je t'aime," répéta-t-il, une fois de plus à cheval sur ses jambes.

Cela rendait le reste de son corps trop accessible pour qu'il puisse résister.

Il osa la toucher entre ses jambes, prenant son sexe en coupe et ressentant sa chaleur.

Sa chatte était humide et aussi nécessiteuse que son érection.

Plus de mots ont été perdus pour plus de baisers alors qu'il la caressait.

Il était honoré de ressentir son enthousiasme et de le partager avec elle, mais cela ne suffisait pas à la faire changer d'avis.

"Je veux ça," haleta-t-elle, se tortillant contre lui.

«Nous ne pouvons pas», dit-il, trouvant si difficile de résister à l'appel des sirènes de sa nudité et de son empressement.

Elle lui lança un regard triste et déçu.

"Mais pourquoi ?"

"Je n'ai jamais aimé quelqu'un autant que toi. C'est vrai depuis le jour où nous nous sommes rencontrés", dit-il alors que ses yeux cherchaient sa compréhension. "Je peux vivre sans jamais t'avoir, mais je ne peux pas te perdre. Si nous faisons ça, je ne pourrai jamais te laisser partir."

"Tu le promets ?"

"Je suis sérieux," insista-t-il.

"Très bien, alors je serai nue pendant un moment," dit-elle en descendant de ses genoux.

Il se dirigea vers la table, remplit le reste de son verre de Coca-Cola et le ramena sur le canapé comme si de rien n'était.

Elle enroula ses jambes sous elle et prit une gorgée de son verre en le regardant voir sa nudité.

« Tu sais, parfois je mettais une chemise très serrée autour de toi parce que je trouvais drôle comment tu essayais si dur de ne pas regarder mes seins.

"Brat," dit-il avec un demi-sourire.

Cela convient à Nancy.

Elle ferait quelque chose comme ça.

"Je parie que tu as aussi étudié mes fesses, non?"

Bob sentit son visage rougir en hochant la tête et en disant:

"Vous avez un cul épique."

"C'est un cul plat et étroit," dit-il avec un soupir. "Mais merci d'avoir remarqué. Tu n'as aucune idée à quel point il est difficile pour moi de trouver un jean qui me va."

"Oui, je sais," dit-il. "J'ai fait du shopping avec toi, tu te souviens?"

Nancy rit.

"D'accord, et tu m'as toujours répondu honnêtement. La plupart des gars ne risqueraient jamais de faire ça avec une femme."

« Sauf que nous sommes amis et que je ne veux pas perdre ça. Je ne peux pas. Tu compte trop pour moi.

« Tu as aussi un beau cul », dit-il. « Surtout après avoir commencé à courir. Je veux dire, c'était bien avant, mais maintenant ? Tu as une idée à quel point j'aime te voir porter des shorts de course ?

"N'a pas dit.

« Et pourtant, nous ne sommes jamais sortis ensemble. Pourquoi est-ce ?

« Eh bien, pour commencer, tu as toujours eu un petit ami.

"Je ne sais pas."

Il prit une gorgée de son verre avant de le mettre de côté.

"Je t'aime," dit-il avec une étincelle dans les yeux.

"Je t'aime aussi," répondit-il, renvoyant une simple déclaration de fait.

Pour une raison quelconque, ce n'était pas assez bien pour elle.

Elle secoua la tête et le regarda.

"Je ne dis pas que j'aime ça je t'aime bien. Je dis que j'aime t'aimer. Je suis désolé Andy et le reste de ces gars ont dû comprendre, mais j'aime t'aimer et je ne veux pas m'arrêter, jamais. Pas même quand nous sommes cent et mes seins ils sont tombés à la taille. "

Nancy se leva et tira sur son short.

Cette fois, il laissa cela arriver, leurs yeux se rencontrant alors qu'elle le chevauchait.

Elle se pencha en avant, l'embrassant alors qu'elle serrait son membre impatient et palpitant.

Elle se leva, mais avant de pouvoir s'abaisser autour de son membre enflé et douloureux, Bob attrapa ses hanches et la tint en place.

Avant que cela n'arrive, j'avais une dernière question à laquelle je devais répondre:

"Pouvons-nous encore être amis si nous faisons ça?"

"Nous ferions mieux de rester ainsi," dit Nancy, le guidant à l'intérieur d'elle jusqu'à ce que leurs corps soient aussi proches que leur cœur l'avait toujours été.

CHAPITRE 28

Ils s'étreignirent, tenant leurs corps ensemble et s'embrassèrent alors qu'elle se balançait avec lui en elle, la remplissant complètement.

Et Bob se sentait plein aussi.

Il avait l'impression d'avoir passé toute sa vie à attendre le moment où elle se donnerait à lui.

Il se redressa, ayant besoin d'être pleinement en elle, aussi profondément qu'il le pouvait, et se délectant de la sensation de sa chatte chaude et humide autour de lui, saisissant et agrippant doucement sa bite dure.

Il a déplacé ses mains sur son cul parfait, prenant ses fesses en coupe et l'aidant à se déplacer de haut en bas.

Il sentit chaque partie de son corps à la fois.

Il pouvait sentir ses mamelons raides se presser contre sa poitrine.

Sa langue dansa avec la sienne alors qu'ils s'embrassaient avec deux fois la passion émotionnelle qu'ils avaient eue lors de leur premier baiser provisoire.

Il ressentait son besoin et son désir pour lui qui correspondaient à la même chose qu'il ressentait pour elle.

Encore et encore, Nancy se leva et tomba sur lui, se pressant contre sa bite alors qu'elle gémissait profondément dans sa bouche.

Il avait une façon de se tortiller en bougeant qui était incroyable.

Il sentit sa chatte trembler, se resserrer autour d'elle et la tirer très légèrement alors qu'elle se levait pour l'empaler à nouveau.

Bob avait baisé d'autres femmes.

Il les avait sentis s'ouvrir à lui, l'accepter et l'entraîner plus profondément en eux avec un besoin qui correspondait à son feu.

Mais avec Nancy, c'était comme si elle ne voulait pas non plus le laisser partir.

Il enroula ses bras autour d'elle et se pressa en avant pour augmenter la sensation de son corps contre le sien.

Nancy rompit leur baiser, rejeta la tête en arrière et gémit bruyamment alors que son corps commençait à trembler.

Il haleta avec une grande inspiration.

Puis elle couvrit à nouveau sa bouche juste au moment où Bob sentit son explosion commencer entre ses jambes.

Il se redressa, plus profondément que jamais, et vint avec un frisson et un battement qu'il n'avait jamais connu auparavant.

À chaque sortie brutale de son orgasme, il sentait sa chatte se resserrer autour de lui, s'accrochant à lui alors qu'elle venait aussi.

Ils se rejoignirent dans les bras l'un de l'autre jusqu'à ce qu'ils soient réduits à un duo haletant et riant.

CHAPITRE 29

"Merde, tu vas très bien," ronronna-t-elle en lui couvrant le visage de baisers.

"Moi ? Ça n'a jamais été aussi bon. Qu'est-ce que tu as là-bas ?"

"Magie," dit-elle en riant, en l'embrassant à nouveau.

Ils se sont embrassés pendant longtemps avant qu'aucun des deux ne veuille bouger.

"Nous avons peut-être ruiné votre canapé"

«Ou nous l'avons cassé», dit-il quand elle se leva et lui tendit la main.

Après l'avoir conduit dans la chambre, elle commença à le couvrir de baisers, commençant sur ses lèvres et descendant lentement le long de sa poitrine.

Quand il a atteint son estomac, il s'est arrêté et a dit:

«J'ai une confession à faire. Ce ne sera pas la première fois que je te tombe dessus.

Bob a ri.

"Crois-moi, dans mes fantasmes tu l'as fait plusieurs fois."

«Et je l'ai fait dans la vraie vie aussi», dit-elle, inquiète. "Deux fois. Une fois après ta soirée de travail et encore hier soir."

Bob la regarda pendant un long moment essayant de décider ce qu'il pensait de sa bombe.

"Avons-nous fait autre chose?"

Elle secoua la tête.

"Vouliez-vous?"

Nancy hocha la tête et la tira de son corps.

"Merci," dit-il avant de l'embrasser.

«Tu n'es pas en colère?

"Euh, tu m'as sucé deux fois et suis-je censé être en colère? Comment me connais-tu?"

"Je promets que cette fois ce sera mémorable," dit-elle, glissant le long de son corps et faisant exactement cela.

***

Ils ont continué à faire l'amour ensemble jusqu'à ce que le soleil jette un coup d'œil par les fenêtres et trouve deux amants emmêlés dans les bras l'un de l'autre.

En riant et en souriant, ils ont fait des crêpes ensemble nus.

Après le petit déjeuner, Nancy a porté des assiettes vides dans l'évier et l'a chassé quand il a essayé de l'aider.

Bob s'appuya contre le comptoir d'en face et la regarda bouger, étudiant chaque courbe jusqu'à ce qu'elle n'en puisse plus.

Il se pressa contre ses fesses nues, lui caressa le front et lui caressa le cou.

Il se souvint de sa prédiction de ce qui se passerait s'ils arrivaient à la fin.

"Te sens-tu toujours coupable d'avoir baisé ta meilleure amie?"

"Pas encore," dit-elle en se tortillant contre lui. "Nous devrons peut-être le faire plusieurs fois pour cela."

"Vous avez lu dans ses pensées," dit-il en blottissant son érection grandissante entre ses fesses.

CHAPITRE 30

L'ambiance à l'intérieur du bar était plus festive que d'habitude pour le quatuor de visages souriants qui partageait une table près du bar.

Bob avait sa seule bière tandis que Julia et Any insistaient sur le fait qu'ils l'avaient toujours vu venir.

"Vous n'avez jamais réalisé comment Nancy vous regardait," nota Any.

"Oh, tu devais l'entendre parler de toi tout le temps," ajouta Julia.

Après sa séparation de Nancy, Andy avait demandé un transfert de retour à Houston.

Pendant ce temps, Chris était toujours assis au bar comme un prédateur, essayant de converser avec n'importe quelle femme qui n'était pas escortée.

"Une partie de moi a l'impression que je devrais vous remercier pour quelque chose," dit Bob à Nancy avec un geste vers Chris. "Mais ensuite je me souviens à quel point il était stupide pour moi."

Il a raconté comment Chris avait tenté de l'intimider, disant qu'il n'avait aucune chance avec Nancy ou Julia.

"Quand est-ce arrivé ?" Nancy a demandé.

«La nuit où Julia m'a rasé.

"Putain, c'était si chaud," dit Nancy, déposant un baiser sur les lèvres de Bob. "J'ai été tellement mouillé en regardant ça."

"Vous ? J'ai brûlé les piles de mon vibrateur après votre départ !" Dit Julia.

"Et bien, juste pour que vous le sachiez, ça a été formidable de rester rasé", a écrit Nancy.

"J'ai essayé de convaincre mon petit ami de le faire, mais il ne le fera pas," grimaça n'importe qui.

"Et bien, chaque fois que tu as besoin d'un spectacle, fais-le moi savoir," proposa Nancy en serrant la cuisse de Bob.

"Wow, je ne peux pas voter là-dessus?" demanda-t-il, surpris.

"Pas vraiment," dit-il. "En fait, donne-moi les clés de ta voiture."

"Parce que?" demanda-t-il en les sortant de sa poche.

"Parce que je suis devenu le chauffeur désigné ce soir", a déclaré Nancy, en désignant le serveur et en commandant une tournée de boissons.

Quand les boissons sont arrivées, Bob a poussé la sienne devant Nancy et a récupéré ses clés de voiture.

"Je n'ai pas besoin d'être ivre pour ce que tu as prévu."

"Comme c'est chaud," dit-elle en lui donnant un baiser. "Tu m'as juste mouillé comme un diable."

Et d'après les sourires enthousiastes sur les visages de Julia et Any, Bob pouvait dire qu'elle n'était pas seule dans ce qu'elle ressentait.

FIN

COLOCATAIRES FEMMES (DOMINATION ÉROTIQUE)

CHAPITRE 1

"Pouvez-vous désactiver ça, s'il vous plaît?" Dit Vicky. "J'essaye d'étudier ici."

Pour environ la vingtième fois aujourd'hui, la jeune fille, une recrue, se demandait quel type d'algorithme de recherche de colocation, l'Université utilisait.

Après tout, toute personne ayant un demi-cerveau peut se rendre compte qu'il faut éviter à tout prix de mettre un étudiant d'une branche spécialisée en travail social avec un étudiant d'une branche spécialisée en informatique.

Quelques questions à choix simples fonctionneraient dans un cas comme celui-ci, pour l'éviter.

One Direction? Qui peut étudier avec ce non-sens comme ça, à plein volume, en arrière-plan?

Pire encore, qui peut maintenir sa santé mentale et son QI en regardant des gars qui sont manifestement si stupides?

"Non, ça va bien," dit Joyce, augmentant encore le volume.

"Très drôle," dit Vicky. «Maintenant, posez-le, s'il vous plaît.

"Je ne peux pas t'entendre," hurla Joyce. «Qu'est-ce que tu as dit?

"En bas." Une partie d'elle avait envie de rire, mais une partie d'elle était tout aussi furieuse.

"Parle un peu plus fort," hurla Joyce. "Je ne peux pas t'entendre à la télévision."

"J'ai dit de le retirer,"

Et tout à coup, et Vicky ne savait pas trop comment, parce qu'elle n'avait jamais rien fait de tel auparavant, elle se retrouva soulevée de son siège et à côté de sa colocataire, essayant inutilement de tirer la télécommande de la prise ferme de la fille.

Vicky était une fille légère, une lectrice typique, très maigre et pâle.

Le seul sport qu'il avait essayé était le cross-country, mais c'était juste pour compléter sa candidature à l'université.

Ainsi, lorsque le tir à la corde télécommandé a cédé la place à un match de lutte, il a estimé que son éducation dans les arts physiques avait fait cruellement défaut.

Parce que combattre Joyce, c'était comme essayer de combattre une araignée.

C'était comme si une main ou une jambe était partout où Vicky voulait bouger.

Son humiliation a été aggravée parce que son colocataire a seulement ri de ses efforts pour attraper la télécommande et a continué à rire quand il a abandonné et s'est contenté de lâcher prise.

«Je ne me suis pas autant amusé depuis que j'ai quitté la maison», rit Joyce. "Mes jeunes frères et moi regardions l'UFC et ensuite nous essayions des mouvements l'un avec l'autre."

Et puis il eut l'impression que quelqu'un essayait de lui arracher le bras de l'épaule.

Vicky n'avait jamais su qu'une telle chose était possible.

«Aïe... Aïe...» et puis il continua à dire quelques mots logés au fond de sa tête, même ceux qu'il n'avait jamais eu de raison d'utiliser.

"Arrête p ...".

En riant, Joyce a déclaré:

«J'avais l'habitude de faire se plaindre mes frères à ma tante parce qu'une fille les avait frappés.

On aurait dit que son articulation était sur le point de se desserrer.

Vicky n'a même pas eu le temps de réfléchir.

"S'il te plaît ... oh ... putain ... putain!"

"Cela s'appelle une barre de bras," dit Joyce en libérant sa colocataire. "Une fois que vous êtes pris au piège, il n'y a vraiment pas d'autre issue que de se soumettre."

CHAPITRE 2

Il prit la télécommande, l'examina brièvement, puis la jeta sur le lit.

"Vous avez fait tomber les piles. Trouvez-les et remettez-les en place."

Ce n'était pas très agréable.

Pas quand l'épaule de Vicky faisait si mal.

Il se demanda s'il avait subi des dommages permanents.

Mais, il a deviné qu'à un moment donné, les batteries ont chuté.

Avalant un peu d'indignation, il a commencé à chercher les deux piles AAA, les a trouvées et les a remplacées dans la télécommande.

Enfin, il a pu se remettre à sa tâche, cela lui avait fait perdre trop de son temps précieux.

"Et réparer mon lit," dit Joyce. "Tous ces combats ont tout gâché."

Elle allait trop loin.

Tout d'abord, Vicky a été victime du match de lutte, pas la gagnante.

Et surtout, le lit avait été en désordre pendant la majeure partie de la semaine.

"Je ne suis pas ta bonne," dit Vicky, et elle retourna à son bureau.

Seulement, elle n'a jamais réussi.

Elle n'avait fait que deux pas avant que Joyce ne soit à nouveau sur elle, frappant comme un cobra.

Joyce attendait une excuse pour continuer le combat.

Elle a continué à se battre avec sa colocataire.

Elle s'était battue avec ses frères à plusieurs reprises.

Elle était plus âgée, mais c'étaient des garçons, physiquement supérieurs, mais néanmoins Joyce était plus intelligente et un peu plus impitoyable.

C'était amusant.

C'était un défi et Joyce a gagné plus qu'elle n'a perdu.

D'un autre côté, ce n'était pas un défi pour Joyce.

C'était une conclusion d'avance.

Vicky n'était pas seulement une femme faible, mais la fille n'avait aucune idée de comment se défendre.

Combattre le petit nerd ne devrait pas être très amusant.

Ça devrait être ennuyeux.

Mais c'était tout sauf ennuyeux.

Était...

.. passionnant.

CHAPITRE 3

Les tétons de Joyce s'étaient transformés en balles.

Ses côtés étaient à la fois chauds et moites.

En vérité, cela avait été un peu excitant de se battre avec ses frères quand il pouvait ressentir la pression occasionnelle d'une érection, sachant à quel point cela les embarrassait.

Et un petit picotement à chaque fois qu'ils allaient pleurer leur tante.

Mais ça, oh oui, c'était dix fois mieux que ça.

Joyce a eu du mal avec sa colocataire.

Appuyant son sexe sur la fille.

J'y travaille.

"Hé," haleta Vicky à bout de souffle.

Elle était si fatiguée qu'il était impossible de se défendre.

Il avait l'impression de ne pas pouvoir respirer.

"Vous ne pouvez pas simplement vous soumettre. Je ne vous ai même pas donné de clé." Dit Joyce en attrapant sa jambe, en mettant ses jambes autour de la fille, en lui attrapant la cheville et en la faisant tourner.

Prêt.

"Chienne!" Hurla Vicky.

"Cela s'appelle un verrou de cheville", a déclaré Joyce en relâchant la pression, mais sans la relâcher. "Vas-tu faire mon lit maintenant?"

"Ouais ..." se plaignit Vicky.

Joyce appuya une fois de plus sur la cheville de la fille.

"Et tu vas nettoyer le sol et ranger mes vêtements."

"Ummmm ... d'accord." Vicky haleta.

"C'est amusant," s'exclama Joyce en saisissant à nouveau la fille. "Je me demande ce que je peux vous faire faire d'autre."

"J'ai dit que je nettoierais le sol!" Vicky a protesté en vain.

Le combat a continué.

C'était une affaire très unilatérale.

La pauvre Vicky était épuisée, mais elle fit un vaillant effort pour échapper aux griffes de sa colocataire, même si elle avait totalement renoncé à se battre depuis qu'elle était petite.

"Tu es si fragile," continua Joyce avec ses commentaires alors qu'elle essayait un mouvement puis un autre.

Il ne se souciait même pas des présentations, il essayait juste de voir dans quelle position il pouvait mettre son colocataire.

Un nouveau mouvement.

La chaleur refit surface dans son corps lorsqu'il regarda le cul de Vicky.

Sa chemise de nuit s'était soulevée et la position dans laquelle elle se trouvait avait fait coincer sa culotte dans la fente de son derrière.

Joyce a même pu voir un peu le trou serré de la fille en raison du coin qui avait été causé.

La pauvre Vicky pouvait sentir la brise fraîche sur ses fesses, mais elle ne pouvait rien faire à part essayer de garder le dos droit.

Elle pouvait encore moins y faire quand son partenaire retira sa queue de cheval.

Elle a cambré son dos et a été forcée de retomber encore plus sur ses jambes.

S'il n'avait pas tellement souffert, l'humiliation de sa position aurait été beaucoup plus aiguë, même si elle était déjà mortifiante en soi.

"Mec," haleta Vicky. "Putain-baise-baise."

"Vous n'essayez même pas de vous défendre", a déclaré Joyce. "Je commence à me demander si tu aimes être maltraité."

"Je ne veux pas me battre contre toi." Vicky se plaignit. "Que ... qu'est-ce que tu fais?"

Que faisait Joyce?

Vicky essaya de se retourner, mais Joyce se planta sur la voûte plantaire de son dos.

Dans son état affaibli, il n'y avait aucun moyen pour Vicky d'ignorer l'autre fille.

Et le pire ? Pire ?

La pauvre Vicky pouvait sentir ses doigts saisir la bande de sa culotte et la tirer vers le bas.

"Laisse ça là où c'est", demanda Vicky.

Mais à présent, la culotte était hors de portée.

Tout ce qu'il pouvait faire était d'essayer d'écarter ses jambes pour l'empêcher de les enlever complètement.

Mais ces faibles efforts n'allaient pas dissuader la fille la plus forte.

Non, pendant un moment, Joyce a déplacé son poids sur les cuisses de Vicky, puis a brusquement déshabillé la fille de sa culotte.

« Rends-les moi », dit Vicky. Et puis, d'une voix tremblante, ajouta-t-il. "Je le dis sérieusement."

"Maintenant, vas-tu faire au moins un petit effort ?" A demandé Joyce.

Ses narines s'évasèrent.

Dieu, elle était si chaude.

Et regarder les fesses douces de l'arrière de sa colocataire la rendait encore plus chaude.

"Dois-je te prendre autre chose ?"

"Ne pas suivre !" S'exclama Vicky.

Oh, elle avait fait de son mieux pour le dire.

Il y avait quelque chose d'extrêmement embarrassant dans la situation et elle voulait cacher ce sentiment à Joyce.

Mais bientôt il eut d'autres choses à penser.

Une fessée.

CHAPITRE 4

Une autre fessée.

Merde comme ça pique.

L'empressement de son colocataire.

Enlève sa culotte et lui donne une fessée!

Oh, il allait faire payer la fille ... d'une manière ou d'une autre.

En quelque sorte.

Fessée.

Fessée.

Mais d'abord, Vicky a dû lâcher prise.

"Montre moi ce que tu as." Dit Joyce, puis elle lui a donné une fessée quatre autres.

Elle pouvait voir ses empreintes de mains encadrées de rouge sur la chair blanc cassé de sa colocataire.

Putain, elle était chaude, très chaude.

"Allez. Combattez-moi. Faible."

« Agghhh! Vicky hurla de défi, sa colère chassant sa paresse.

Elle gémit comme un animal piégé.

Elle a donné un coup de pied.

Elle tira sur les cheveux de l'autre.

Elle s'écarta.

Elle se tortilla.

Elle s'est battue.

Cependant, elle a continué à perdre.

Non seulement le match de lutte, mais aussi sa chemise de nuit.

Elle était maintenant totalement nue.

Son visage était rouge d'effort et d'avoir été pressé si fort contre le carrelage.

Elle n'avait failli échapper à la prise de Joyce qu'à deux reprises.

Mais chaque tentative semblait exposer davantage son corps et la fatiguer encore plus maintenant que la montée d'adrénaline avait disparu.

«Allez, Vicky, continuez. Ne restez pas là. Joyce a exhorté la fille prostrée, donnant quelques coups de fouet supplémentaires.

Les fessées qu'elle lui donnait maintenant n'étaient plus dures.

Mais ils étaient assez variés.

Il visait soigneusement, s'assurant de transformer chaque pouce de la peau blanchâtre du cul de Vicky, qui était auparavant parfait, d'un rouge profond.

Et tout aussi important, Joyce fit presser ses lèvres sexuelles contre le gonflement des fesses de sa colocataire, de sorte que le combat se transmettait directement à son sexe enflammé.

Il espérait que Vicky ne pouvait pas sentir son jus.

L'arôme était déjà très fort.

Mais d'un autre côté, la pauvre Vicky avait depuis longtemps renoncé à ce que sa colocataire ne découvre pas l'état de son sexe très humide.

Elle dégoulinait.

Elle pouvait sentir l'air la refroidir.

Il n'avait jamais été combattu et fouetté.

Mais elle était excitée.

Il avait lutté une dernière fois, mais la dernière fois en essayant d'induire Joyce en erreur.

Du moins c'est ce qu'elle s'est dit.

Cependant, leurs luttes n'ont pas cédé à Joyce.

Les luttes ne faisaient que répandre ses cuisses, alors son sexe chaud glissait maintenant contre le sol froid.

Dieu.

Elle laissait une empreinte de pas semblable à une limace sur le sol.

C'était ... Dieu se sentait divin.

Elle n'avait jamais pensé que cela pouvait arriver.

"Ugh" Avec un grognement, Vicky a commencé à pomper ses hanches.

Dieu, il ne pouvait pas croire qu'il faisait ça.

"Dieu Vicky," dit Joyce. "Vous êtes trempé."

Les joues de Vicky brûlaient d'humiliation.

Sa honte secrète avait été découverte.

Pire ... mon dieu. Vicky pouvait sentir un doigt sondant son sexe humide.

Il ne lui restait plus aucun secret après un tel examen.

"Aimes-tu être giflé ? C'est comme ça que tu fais avec ton petit ami ?" Plaisanta Joyce. "Est-ce que c'est Vicky ? Est-ce qu'une fessée t'excite ?"

"Non," mentit Vicky.

Mais elle ne voulait pas essayer d'empêcher son partenaire de bouger ses doigts pour la sonder.

Ils se sentaient trop bien.

C'était trop bon

"Je pense que oui," dit Joyce. "Votre chatte a dit oui, non?"

"Non ..." gémit Vicky.

Dieu, la fille la rendait folle.

"Je pense que vous appréciez vraiment tout cela", a déclaré Joyce. "Découvrons-le."

Oh mon Dieu. Et maintenant quoi ? Vicky pensa alors qu'elle sentait Joyce déplacer mystérieusement son poids sur elle avant de se retourner brusquement.

C'est alors qu'il découvrit ce que Joyce avait fait.

Sa culotte était enlevée.

Vicky pouvait voir les fesses nues de sa colocataire alors que la fille la chevauchait sur sa poitrine, ses tibias s'enfonçant dans les poignets de Vicky jusqu'au sol.

Joyce se lécha les lèvres en fixant le corps totalement nu et sans défense de son colocataire ringard.

"Je pense que cela nécessite une enquête approfondie."

"Assez," haleta Vicky.

Il n'avait aucune idée de ce qu'impliquait une enquête approfondie, mais il ne voulait pas en faire partie.

Pourtant, Joyce avait exactement cela à l'esprit.

Une enquête approfondie de sa chatte.

Les lèvres roses gonflées de Vicky s'ouvrirent.

"Humide et dodu." Dit Joyce. "Et regarde ce clitoris. Elle demande pratiquement une caresse."

"Non ce n'est pas". Protesta Vicky d'une voix grinçante et tremblante.

Ses cuisses se fermèrent brièvement par défi.

"Je pense que oui," Joyce caressa la fente humide de Vicky.

Faites courir votre doigt de haut en bas sur sa coupe rose.

Vicky haleta et ses cuisses se séparèrent à nouveau, offrant le doux petit bouton entre ses cuisses.

Joyce sourit et maintint son contact, caressant de temps en temps le clitoris de Vicky.

Travailler la fille jusqu'à ce qu'elle atteigne un point de fièvre.

Vicky réalisa soudain qu'il allait la forcer à venir.

Une fille allait la faire jouir.

Il avait toujours entendu des histoires de filles expérimentant à l'université, mais il n'avait jamais pensé qu'il ferait partie de ces filles.

Mais la chaleur à l'intérieur de son ventre l'a convaincue du contraire.

Mais ensuite, ces doigts doux et doux ont été écartés, la laissant flotter au bord de l'orgasme.

Il l'avait caressée très doucement puis l'avait fait flotter hors de portée de l'orgasme.

L'esprit de Vicky était encore un fouillis.

C'était une chose d'être forcé d'être coincé sous une autre fille, les bras piégés et incapable de bouger, mais une autre. ... soulevez ses hanches minces, cherchant ce toucher doux.

Cela signifie qu'elle participait.

Et avant qu'elle n'ait pu essayer de poursuivre sa colocataire pour les libertés qu'elle avait prises.

Maintenant, elle ... soulevait ses hanches, cherchant le contact de Joyce ... de plus en plus haut ... là ... ahhh ... juste là.

C'est tout, se dit Joyce en penchant les hanches de Vicky, les faisant commencer à pousser et à pomper du mieux qu'elle le pouvait dans une position aussi inconfortable.

Viens a moi.

Vous allez devoir aller beaucoup plus loin avant que j'en ai fini avec vous.

CHAPITRE 5

"Je t'ai dit que tu l'aimais," plaisanta Joyce, pressant légèrement le clitoris gonflé de Vicky. "Il en est ainsi, n'est-ce pas?"

Les côtés de la pauvre Vicky commençaient à souffrir de besoin.

Elle souleva ses hanches jusqu'à ce que son abdomen secoue, mais ce n'était pas assez haut pour la mettre en contact avec les doigts de Joyce.

Il ne pouvait rien faire s'il n'admettait pas la vérité.

"Oui." Vicky gémit presque à bout de souffle.

Slap-slap-slap.

Joyce a giflé le sexe de Vicky, éclaboussant tout son nectar dans le processus.

Les hanches de Vicky se sont redressées.

La sensation n'était pas douloureuse, mais elle avait été choquante.

Pire encore, il avait poursuivi son orgasme.

C'était décevant, mais il avait quand même aimé ça.

Le sentiment de besoin qu'elle avait éprouvé et son impuissance l'avaient profondément effrayée.

Il avait peur ... oh, mon Dieu, que lui faisait cette horrible fille maintenant?

Il la frottait à nouveau.

Et le frottant comme elle l'aimait.

Maintenant, elle étendait à nouveau ses cuisses de son plein gré.

Rendre son sexe tendu à l'intérieur.

Faire danser des crampes à travers son aine.

Faire battre son cœur.

C'est alors que Vicky réalisa qu'elle pouvait voir le trou étroit et étroit de sa colocataire et sa fente pressée contre sa poitrine.

Il pouvait sentir l'humidité qu'elle dégoulinait sur sa poitrine.

Il pouvait sentir le musc doux de son sexe.

Si elle pouvait libérer ses mains, elle serait prête à caresser Joyce, espérant que la fille arrêterait de la déranger et finirait peut-être de lui plaire.

Mais Joyce avait ses propres idées.

Elle était bien consciente que Vicky était impuissante sous elle, et également consciente de l'effet que ses jeux avaient sur elle.

Il était bien conscient qu'elle rapprochait lentement ses fesses de plus en plus du visage de sa colocataire.

Vicky avait toujours eu des notes proches des plus élevées de sa classe.

Elle était brillante et intelligente.

Elle se considérait comme une penseuse profonde, mais pour la première fois, elle avait du mal à réfléchir.

La chaleur coulait dans son ventre et son sexe lui faisait mal.

Les fesses de Joyce étaient juste là devant elle.

À un pouce de ses lèvres.

Vicky atteignit ses lèvres désirées.

Les narines de Joyce s'évasèrent lorsqu'elle sentit ces premiers baisers hésitants.

Ah oui.

Ça faisait du bien, même si elle voulait un peu plus de stimulation.

Et il l'aurait avant que tout ne soit dit et fait.

«Tu aimes ma chatte? Joyce a demandé, alors qu'elle se penchait en avant, et soufflait sur le sexe excité de Vicky.

"Ouais," murmura Vicky, écartant les jambes, impatiente que Joyce la lèche ... là-bas.

«Lèche-moi», ordonna Joyce. "Lèche ma chatte."

Vicky pouvait sentir le souffle de chaque mot sur sa chatte.

Joyce était si proche.

Si près de la lécher et de la faire jouir.

J'étais sûr que d'autres filles avaient probablement expérimenté comme ça.

Cela ne la rendait pas gay.

Il ne savait même pas s'il allait l'apprécier.

Sa langue glissa et il fit une tentative de recherche.

Et ce n'était pas si mal.

Elle recommença, un peu plus déterminée cette fois.

"Oh ouais, c'est divin," dit Joyce d'une voix rauque. "Lèche ma chatte. Plus vite. Oh ouais ... comme ça, continue."

Lèche-moi aussi, voulait dire Vicky.

Mais sa bouche était occupée différemment maintenant et Joyce était de nouveau assise, alors Vicky avait littéralement la bouche pleine de chatte maintenant et son nez était... elle ne voulait même pas penser à où était son nez.

"Vilaine fille," ronronna Joyce. «Est-ce que tu joues aussi avec mon anus? Hmm... ça fait du bien. Veux-tu que je joue avec le tien?

"Uffff ..." protesta Vicky.

Ne pas.

Non, elle ne voulait même pas que son nez soit là où il était, et encore moins être touché ... là-bas.

Mais à ce moment-là, un doigt imbibé de jus était poussé brusquement devant son sphincter.

C'était étrange d'avoir quelque chose coincé dans ce trou, mais encore plus étrange était d'avoir ce quelque chose qui poussait, alors que la direction avait toujours été vers l'extérieur.

Elle ne voulait pas être envahie là-bas, au moins elle ne pensait pas qu'elle le voulait.

Cela l'a laissée se sentir encore plus impuissante.

Oh mon Dieu ... si impuissant, luttant pour respirer, lécher et se faire baiser avec maintenant deux doigts dans le cul.

Elle n'était pas censée être traitée comme ça.

Et ce n'était certainement pas censé être aussi chaud que la situation l'était.

Elle ne devrait pas lécher la chatte d'une fille.

Encore moins une fille qui avait été si méchante avec elle.

"Juste là ... juste là ... juste là ... oh mon ... oh mon ..." gémit Joyce, ses hanches chevauchant la fille impuissante piégée sous elle.

Atteindre et saisir les mamelons de la fille entre le pouce et l'index et tirer vers le haut.

Sentir la protestation angoissée de la fille s'étouffant avec sa chatte.

Aimer la langue agile qui accélérait maintenant plus vite que possible.

N'ayant qu'un bonnet B, Vicky n'était pas très douée en matière de seins, mais ce qui lui manquait de circonférence, elle le compensait par la sensibilité.

Et avoir ses mamelons étirés comme ça faisait mal!

Bien que l'expérience ait également tiré des rayons de plaisir directement sur son sexe.

Mais tout cela était trop.

Aussi.

Elle lécha Joyce pour tout ce qu'elle ressentait, dans l'espoir de mettre fin rapidement à son apogée, avec le tourment sur ses mamelons.

"Oh ouais, ouais, oh ouais. Ça, ouais." Joyce gémit.

Ses mouvements sont passés d'intensité à un mouvement langoureux alors que son orgasme atteignait son apogée et commençait à diminuer.

Avec ses hanches prétendant être une sorte de tire-bouchon alors qu'elle utilisait le nez de sa colocataire pour lui plaire l'anus.

CHAPITRE 6

"Maintenant c'est à vous," dit Joyce. « Tu veux que je te fasse jouir ?

"Oui." Admit Vicky.

Non seulement il voulait venir, mais il méritait de venir après tout ce qu'il avait enduré aux mains de cette fille.

"Mmmm ..." ronronna Joyce en étirant ses doigts le long du corps mince de la fille.

Se diriger lentement vers le sexe super humide de Vicky.

"Quelle chatte sale et coquine tu as," dit Joyce, regardant quelque chose dans un petit sac cosmétique ouvert à côté du lit de Vicky.

Il l'a ramassé et a appuyé sur le bouton d'alimentation.

Il pouvait sentir les vibrations jusqu'à ses doigts.

"Je pense qu'il a besoin d'un bon nettoyage à l'intérieur."

Vicky n'avait aucune idée de ce dont la fille parlait.

Il pouvait entendre un bourdonnement familier, mais ne pouvait pas localiser le son.

"Oh!" Vicky haleta lorsqu'elle sentit le premier contact électrique, ses hanches se tordant pour échapper à la sensation accablante.

Mais il a vite réalisé ce qu'il ressentait et a également réalisé à quel point il se sentait bien.

Merde.

Oh putain.

C'était sa brosse à dents.

Joyce a dû le sortir de son sac à cosmétiques.

Jésus ... elle n'avait pas de rechange.

Je devrais ... oh, Jésus.

Elle allait venir.

Elle était tellement dure.

Et avec une réaction involontaire à la stimulation, Vicky pinça les lèvres et embrassa ce qui était devant elle et qui s'avéra être le cul bien musclé de sa colocataire.

"Oh bébé, ça fait du bien." Joyce ronronna. "As-tu déjà eu quelqu'un qui baise cette chatte? Je veux dire, vraiment baiser?"

"Mmmmmmm" gémit Vicky et écarta les jambes aussi largement qu'elle le put.

"Ralentissons bébé," dit Joyce. "Nous avons toute la nuit."

Joyce a utilisé la brosse à dents sur les mamelons de Vicky, puis l'a fait glisser de haut en bas sur sa fente.

Mais pas assez pour envoyer la fille sur le bord.

Elle sourit méchamment.

Elle devenait bonne dans ce domaine.

Vicky gémit.

Ses hanches gonflaient, accueillant les vibrations à haute fréquence, chaque fois que Joyce jugeait bon de la faire glisser là où cela lui faisait le plus de bien.

Oh mon Dieu.

Elle allait venir.

Elle allait venir très fort.

Et juste à ce moment-là, Joyce a retiré sa brosse à dents et a tapoté le sexe excité de Vicky.

"Oh mon Dieu ..." haleta Vicky, ses hanches se soulevant et mourant du contact.

Même pour ces caresses piquantes qui l'ont éloignée de l'apogée.

Elle a essayé de libérer ses bras piégés.

Elle a essayé de trouver une sensation pour la pousser à la limite.

La pauvre Vicky ne savait pas quoi faire.

Bien que son corps ait quelques idées.

Il embrassa à nouveau l'arrière musclé devant son visage.

Il l'embrassa et l'embrassa encore.

"Mmmm ..." dit Joyce, glissant lentement une main vers le sexe gonflé de Vicky.

Mettre l'autre main sur ses fesses, les étendre.

Vicky pouvait voir grand ouvert le trou interdit ridé de sa colocataire.

Ne pas.

Il avait seulement embrassé les fesses de la fille parce qu'il n'y avait rien d'autre à embrasser.

Cependant, elle n'avait aucune intention d'embrasser ça.

Pas du tout.

Pourtant, Vicky pouvait sentir à quel point la brosse à dents vibrante était proche de son sexe douloureux.

Très, très proche.

Vicky a pris une décision rapide.

Elle lécherait encore Joyce si cela la faisait jouir.

Seulement qu'elle lécherait le bon trou.

Pliant son cou à un angle compliqué, Vicky a essayé d'accéder au sexe de Joyce avec sa langue.

Oh non non! Pensa Joyce.

Il a joué avec le mamelon de Vicky avec la brosse à dents et a utilisé son autre main pour jouer avec l'autre mamelon, faisant des cercles et tirant parfois dessus, parfois cruellement.

Il a ensuite basculé le traitement sur l'autre sein, avant de finalement glisser la brosse à dents vibrante près du sexe de Vicky.

Elle a commencé à tapoter légèrement le clitoris gonflé de sa colocataire avec sa tête.

Dieu, je viens, était la seule pensée de Vicky.

Il ne pouvait pas croire ce qui lui arrivait.

Elle ne pouvait pas croire qu'elle était sur le point de... elle pinça les lèvres et l'embrassa.

Il embrassa l'anus serré et plissé que Joyce lui montrait.

Oh mon Dieu. Oh mon Dieu.

Je ne peux pas croire que cela arrive, se dit Joyce.

Elle s'est délectée de l'instant, mais en voulait plus.

Elle recommença à faire glisser la brosse à dents de haut en bas sur la fente humide de Vicky.

Amener la fille au bord du gouffre.

Regarder ses hanches glisser et pomper.

Offrir son sexe, maintenant trempé, pour la stimulation.

"Mauvaise fille." Chuchota Joyce.

Et il a fouetté ces lèvres pincées avec la paume de sa main.

Gifle assez fort pour piquer et il n'y a donc aucune question dans l'esprit de Vicky quant à sàvoir qui était responsable.

CHAPITRE 7

Comme si Vicky avait des doutes à ce stade.

La seule chose à laquelle elle pouvait penser était le besoin douloureux au fond d'elle qui avait besoin de stimulation.

C'était ce dont il avait besoin, pour trouver une sorte d'excitation pour sa libération désespérée.

Il ne pensait plus à la honte ou à ce qu'il faisait de mal.

Ses seules pensées étaient centrées là, entre ses cuisses, et que les sensations qu'il y recevait étaient liées à ce qu'il faisait avec ses lèvres et sa langue.

Parce que Vicky occupait depuis longtemps cet orifice interdit par de légers baisers hésitants.

Maintenant, elle a léché.

Elle s'est embrassée sérieusement.

Elle a sondé avec sa langue.

La conduire à l'intérieur du mieux qu'il pouvait.

"C'est très sale," roucoula Joyce. «Et je pensais que tu étais juste bon pour t'habiller, alors que tu étais en fait un petit pervers. Pensez-vous que je devrais vous laisser courir? Êtes-vous mon petit pervers?

"Mmmmmmm ... ouais ..." murmura Vicky, sa bouche fermement plantée sur le cul tonique de sa colocataire.

"Alors fais venir ta petite chatte sale ici où je peux l'atteindre," dit Joyce. "Et mieux vaut se dépêcher avant que ces piles ne s'épuisent."

La pauvre Vicky a davantage cambré son bassin pour donner à sa colocataire un meilleur accès.

Cependant, il a constaté que le bourdonnement de la brosse à dents était encore trop loin.

Tentant, mais hors de portée.

Vicky arqua encore plus son bassin.

Il sentit brièvement le contact électrique.

Oh mon Dieu.

Ce n'était toujours pas suffisant.

Il a soulevé ses pieds puis a soulevé ses genoux.

Ses hanches ne touchaient plus le sol.

Cela suffirait sûrement.

Ce n'était tout simplement pas assez.

"S'il vous plaît ..." murmura Vicky.

"Tu n'en veux pas?" Plaisanta Joyce. "Venez le chercher."

Oh comme elle le voulait.

Vicky se tenait sur la pointe des pieds et poussa son bassin vers l'avant pour la dernière fois.

Ses mollets et ses cuisses tremblaient.

Elle ne pouvait pas occuper ce poste longtemps.

Il a prié pour qu'il soit assez grand.

Joyce toucha le pinceau de son clitoris et de ses lèvres enflés et compta «Uno» dans sa tête.

Puis il a décollé et a compté «Deux. Trois ".

Puis à nouveau pour un «One».

Puis de retour pour deux autres.

En haut et en bas.

Allumé et éteint.

Allumé et éteint.

Joyce leva la main et attira Vicky sur ses fesses.

Merde, cette langue était divine avec un grand D.

Il pourrait s'habituer à ce genre de soins.

"Je ne durerai pas longtemps comme ça ... Je ne durerai pas ... Je ne peux pas ... Je ne peux pas ..." répéta Vicky dans son esprit.

Ses muscles brûlaient.

Sa cuisse avait une crampe.

Il mourait d'envie de redresser sa jambe et d'attendre que le nœud douloureux se dissipe, mais il avait peur de perdre à nouveau la sensation de la brosse à dents.

Il était difficile de respirer coincé là sous les fesses musclées de sa colocataire.

Il resta en position et ignora ses membres et ligaments protestants, léchant toujours son anus autant qu'il le put.

La merveilleuse sensation a commencé au plus profond de son ventre.

Oh putain.

La chaleur accumulée.

Puis tout a semblé se répandre ... comme un énorme raz-de-marée.

Cumming.

Oh mon Dieu, elle jouissait.

Jamais auparavant elle n'avait ressenti un point culminant d'une telle ampleur.

Même Joyce était jalouse de la réaction de sa colocataire.

Les jambes tremblantes, le sexe pénétrant, les gémissements bruyants sous son cul, le jet de jus de la fille se répandant sur le carrelage.

Oh ouais, c'était un enfer d'un point culminant.

Joyce était sûre qu'un orgasme comme celui-là ne suffirait pas à sa colocataire.

CAPITULO 8

Et ce n'était pas assez.

Bien sûr, Vicky s'est dit qu'elle ne se comporterait plus jamais comme ça.

Mais le lendemain, Vicky ne put s'empêcher de penser à ce qui était arrivé à sa colocataire.

Être maltraité.

Fessée.

Se moquer si cruellement.

Alors que le moment de retourner dans sa chambre approchait, elle devenait de plus en plus anxieuse.

Est-ce que Joyce lui ferait quelque chose à son retour?

Voulait-elle que Joyce fasse quelque chose avec elle?

Vicky pouvait se sentir en sueur.

Il pouvait sentir sa culotte se mouiller.

Dieu ... et si Joyce réalisait cela?

Je suppose que Vicky en voudrait plus.

Avec des doigts tremblants, Vicky inséra la clé dans la serrure de la porte de sa chambre et la déverrouilla.

Joyce était là à son bureau ... ne reconnaissant même pas sa présence.

Peut-être que toute cette anxiété n'avait servi à rien.

Le silence est devenu inconfortable.

"Salut ..." lâcha Vicky et maudit son discours hésitant.

"Oh salut Vicky," dit Joyce, tournant sa chaise pour la regarder.

Le regard de Vicky passa comme un aimant entre les cuisses de sa colocataire.

La fille portait une jupe courte et pas de culotte.

Sa petite fente bouclée était là, la regardant avec effronterie.

La fille n'avait-elle pas honte?

"Je pensais à toi," dit Joyce en se levant et en se dirigeant vers sa colocataire qui était gelée en plein milieu de la porte.

"Tu étais?" Répondit Vicky.

Ses joues brûlaient d'un rouge vif.

Quel genre de réponse était-ce?

Elle ne pouvait pas penser clairement.

"Je pensais que ma chatte se sentait si seule," dit Joyce, faisant tournoyer une mèche de cheveux de Vicky.

Sa prise se déplaça vers le cou de Vicky.

"Il est triste et a besoin de se remonter le moral."

Le symbolisme de la main autour de son cou était clair et le cœur de Vicky s'emballa alors qu'elle regardait sa colocataire grimper sur sa jupe et commencer à travailler.

Il commença à être excité quand elle enleva ses doigts mouillés et les porta aux lèvres de Vicky.

Il ne devrait pas faire ça, se dit Vicky, alors même que ses lèvres s'entrouvrirent et suçaient le doigt offert de son revêtement acide.

"Tu as trop de vêtements," dit Joyce en dépouillant sa colocataire de ses vêtements, laissant la fille dans juste une paire de chaussettes.

Je suppose que c'est ça, se dit Vicky.

C'est maintenant que nous faisons l'amour.

«Je pensais que nous pourrions jouer à un jeu différent aujourd'hui», a déclaré Joyce en retirant le foulard de son cou et en l'attachant à la tête de Vicky, le transformant en un bandage de fortune.

"Tu as fait du bon travail en me léchant la chatte hier," dit Joyce en conduisant Vicky à son bureau. "Mais aujourd'hui, je vais vous montrer ce que j'aime vraiment."

Avec un sourire tordu, Joyce tendit la main et tordit la barre de store de la fenêtre.

Son angle permettait maintenant à la fille de voir la chambre devant elle et quiconque regardait par la fenêtre pouvait les voir.

Les narines s'évasèrent, il se rapprocha du mur.

Elle était sûre que personne ne pouvait rien voir au-dessus de sa taille.

Mais pauvre Vicky.

Vicky était directement en vue.

"Cela commence avec mes pieds," dit Joyce, en amenant un pied aux lèvres de Vicky.

Riant, mais retirant son pied au contact chatouilleux de ses lèvres et au souffle chaud de sa colocataire.

"Ça chatouille."

Et à partir de là ce jour-là, tout était des leçons.

Vicky a appris à lui sucer les pieds.

Pour se lécher.

Embrassez les mollets et les genoux.

Hachez entre les cuisses étendues.

Respirez votre souffle chaud sur le sexe de Joyce.

Embrassez les lèvres ... là-bas.

Lécher la rainure.

Travaillez le clito de votre colocataire pour jouir avec votre langue.

Brossez doucement votre langue sur le clitoris.

Caressez les mamelons durs avec vos mains libres.

Caressez tout.

Travailler sa langue plus vite quand Joyce était sur le point de venir et ralentir alors que la fille sortait de son orgasme.

Vicky entendit à nouveau Joyce bouger et se demanda si c'était à son tour de faire l'amour.

Mais Joyce avait d'autres plans.

"Approche-toi," dit Joyce, maintenant face au bureau et se penchant en avant. "J'ai une surprise pour toi".

Vicky se pencha plus près alors que son front se fronçait d'inquiétude.

Quel genre de surprise Joyce avait-elle en tête pour elle?

En approchant, il n'y avait aucun doute sur ce que Joyce lui offrait en se retournant et en se penchant.

Son beau cul tonique.

À ce moment, Joyce se retourna et attrapa la queue de cheval de Vicky et la serra fort.

"Lèche-le," grogna Joyce en rapprochant la tête de Vicky de son entrejambe.

C'était un ordre.

Avec un frisson, Vicky eut un doux miaulement de désespoir.

Cela ne semblait pas tout à fait juste, car elle avait léché cet endroit même la nuit précédente.

Mais si elle n'était plus aussi excitée, elle aurait sûrement refusé.

Cependant, à présent, cela avait semblé être une heure à faire venir Joyce et elle ne l'avait toujours pas fait.

Elle ne voulait pas tout gâcher avant que ce soit son tour.

Sa langue glissa entre ses lèvres et son anus et commença à lécher.

"Mmmmmmm ..." gémit Joyce en caressant son clitoris avec ses doigts et appréciant les sensations de ses fesses. "Bonne fille."

"Tu es une sale petite salope," haleta Joyce. "Tu le sais?"

Avec sa bouche autrement occupée, Vicky gémit en réponse.

Joyce se frotta plus vite, son torse reposant sur le bureau alors que son bras gauche ne pouvait pas supporter son poids.

Oh putain!

Et l'orgasme suivant la déchira comme une traînée de poudre.

"Lève-toi et attends ici," dit Joyce une fois qu'elle était sortie de son orgasme.

Elle a sorti la brosse à dents de Vicky de sa trousse de toilette.

Un petit hoquet s'échappa des lèvres de Vicky lorsqu'elle entendit le bourdonnement familier si près de son oreille.

Joyce a joué avec sa colocataire, faisant courir sa tête vibrante sur les zones érogènes de Vicky.

Le corps de Vicky tremblait à chaque fois qu'elle sentait la tête bourdonnante toucher son sexe ...

La sensation était trop intense, et encore plus parce qu'il portait toujours le bandeau et ne pouvait pas se préparer au contact.

Pourtant, à chaque contact, son corps tremblait de moins en moins à mesure qu'il s'acclimatait.

«Vous êtes-vous brossé ce matin? Joyce le taquina en touchant la tête de la brosse à dents contre la bouche de Vicky.

"Ouais ..." réussit Vicky, tournant la tête pour empêcher la brosse imbibée de sexe de pénétrer dans sa bouche.

«Allez,» insista Joyce, alternant entre taquiner la chatte de Vicky et essayer de faire passer la brosse dans la bouche étroitement fermée de la fille.

Le frisson du pouvoir la réchauffait à nouveau.

"Allez. Tu sais que tu le veux. L'hygiène bucco-dentaire est très importante ... Je sais aussi où se trouve ta bouche. Elle a besoin d'un bon nettoyage."

"Non," haleta Vicky, ses lèvres fermement pressées.

Il avait renoncé à tourner la tête et maintenant la brosse à dents bourdonnait entre ses lèvres et vibrait contre ses dents.

Il pouvait sentir la puanteur musquée de son sexe sur la brosse.

Elle ne pouvait pas faire ça.

Elle ... ses dents se sont ouvertes.

J'ai pu goûter leurs jus mélangés à de la menthe.

"Ouvrez-le complètement." Dit Joyce.

Vicky ouvrit la bouche.

Dieu, c'était tellement humiliant.

Elle se sentit si impuissante que sa colocataire passa la brosse sur ses dents et sa langue.

Joyce abaissa à nouveau la brosse et travailla sur le sexe de sa colocataire.

Faire de nouveau entrer la fille dans une frénésie.

"Remets-toi à genoux," ordonna Joyce.

Avec ses joues rougeoyantes en colère, Vicky ne s'était jamais sentie plus maîtrisée que lorsqu'elle s'était agenouillée et que sa colocataire continuait de la brosser et de la taquiner.

"Je vais le mettre dans ta chatte," plaisanta Joyce. "Non, retourne-toi cette fois. En levrette tu aimes baiser, salope maigre."

Vicky rougit encore plus lorsqu'elle se retourna et tenta de faire rouler son cul sur la brosse vibrante pour lui faire toucher son clitoris.

Cependant, il était trop haut, la frappant vraiment au cul.

Et Joyce n'était pas coopérative.

"Vous le voulez, venez le chercher," rigola Joyce. "Allez. Plus haut ... plus haut ..."

La pauvre Vicky a été forcée de se lever sur les mains et les genoux ...

Il était presque debout, mais maintenant il soutenait le haut de son corps avec ses mains sur le sol.

Ce n'était pas confortable ... pas pour longtemps.

Mais elle n'aurait pas à être mal à l'aise longtemps puisque le pinceau l'avait presque amenée à jouir.

Juste un petit contact avec son clitoris et ça partirait comme une fusée.

"Encore la bouche," dit Joyce, quand elle détecta le tremblement le long de la colonne vertébrale de sa colocataire.

"S'il te plaît ..." gémit Vicky, ignorant l'ordre, se poussant de plus en plus fort, sur la pointe des pieds.

Il était trop près pour arrêter d'essayer maintenant.

"J'ai dit bouche," la voix de Joyce prit un ton dur alors qu'elle enlevait le pinceau.

Avec un gémissement déçu, Vicky se retourna, s'agenouillant rapidement.

La brosse à dents n'arrêtait pas de sonner, mais au lieu de se brosser les dents cette fois, il la laissa sucer le jus de la tête de la brosse à dents.

"Petite salope perverse," dit Joyce. "Tu deviens bon à ça. Maintenant, retourne-toi et essaie de jouir."

Vicky n'avait pas besoin qu'on le dise deux fois.

Il se retourna et chercha à nouveau le contact avec la brosse.

Elle avait toujours les yeux bandés, donc elle ne savait pas que Joyce repoussait la brosse à chaque fois qu'elle s'approchait.

La faire travailler pour ça.

Cambrure du dos.

Hanches à la recherche.

Les jambes tremblent.

Jusqu'à ce qu'il prenne enfin contact.

"Oh putain ..." gémit Vicky.

Je ne pensais plus à quel point cela semblait embarrassant.

Elle était comme un animal.

Son corps voulait se libérer ... il en avait besoin.

"Putain ... putain ... oh mon ... oh mon ..." cria Vicky d'un ton aigu et essoufflé.

De plus en plus vite elle gémit.

Du lait chaud s'est renversé sur ses jambes.

CHAPITRE 9

Au début, Joyce pensa que sa colocataire était devenue folle, mais elle réalisa ensuite qu'elle était arrivée.

Wow allez.

Joyce sourit et tourna le bar pour que les stores se ferment.

"Tu peux enlever le bandeau maintenant," dit-elle à la forme prostrée de sa colocataire, allongée épuisée sur le carrelage, se vautrant presque dans son jus copieux.

Vicky enleva le bandeau, mais n'avait pas l'énergie de se lever du sol.

Il doutait de pouvoir jamais le faire.

Mais moins d'une minute plus tard, elle est devenue froide et gênée par la présentation qu'elle faisait alors qu'elle était étendue nue sur le carrelage froid.

Si seulement elle savait cela, dans la chambre de l'autre côté de la fenêtre, ils avaient vu bien plus que cela.

La plupart s'étaient détournés de dégoût.

Certains ont pris des photos pour les voir plus tard.

Mais quelques-uns avaient veillé jusqu'au bout.

Il avait éteint les lumières et tous ses clitoris impatients.

Tenant l'image de la fille dans leur esprit.

Déterminer que, si l'occasion se présentait, ils voudraient jouer avec ce cul et cette chatte aussi.

Une de ces filles a demandé à sa colocataire:

"Elle me semble familière. L'avez-vous vue dans l'un de vos cours?"

"Non, mais je l'ai vu quand je suis passé devant le cours d'informatique", dit l'autre. «Elle est une sorte de geek informatique.

"Quel jour et à quelle heure?"

"Demain à trois heures de l'après-midi"

"Je parie que si on l'emmène quelque part, elle fera tout ce qu'on veut."

"Et je veux faire beaucoup de choses amusantes avec elle." Dit-il en suçant le jus de ses doigts.

"Moi aussi." Dit l'autre en suçant un doigt.

"Cela pourrait devenir bruyant."

"Alors emmenons-la dans notre chambre."

«Pensez-vous qu'elle viendra?

L'autre fille a pris une brosse à dents électrique et l'a allumée.

Ses yeux brillaient dans le noir.

"Oh, j'ai le sentiment qu'il le fera si je lui montre ça. De plus, j'ai pris des photos et je parie qu'il ne veut pas qu'elles soient distribuées sur le campus."

FIN

APRÈS LA CLASSE

CHAPITRE 1

Je suis professeur de danse moderne et il y a quelques semaines un nouveau couple est apparu dans mon cours de danse.

Ils représentaient le tableau absolu de l'état physique des pistes de ski, le genre de personne qui donnait le rythme dans des stations comme les Suisses.

J'ai vite appris qu'ils étaient tous deux des skieurs de compétition et qu'ils suivaient mon cours de danse avancée dans le cadre de leur programme pour se mettre en forme pour les rigueurs de la saison de ski d'hiver à venir.

Je leur ai parlé brièvement à quelques reprises et j'ai découvert qu'ils étaient mariés.

Le mari était très beau, mais c'était un vrai con.

Le genre de gamin qui depuis le lycée était le capitaine de ceci et le capitaine de cela, et tout cela lui est monté à la tête.

Un con beau mais arrogant qui pensait qu'il était une aubaine pour les femmes.

Mais la femme était autre chose.

Elle était douce et polie, même un peu timide et sage.

Et pourtant, elle était un spécimen aussi parfait que son mari, une vraie beauté.

Mais d'une manière ou d'une autre, cela ne semblait pas lui être monté à la tête.

Naturellement, étant une femme gay, j'ai concentré mon attention sur elle.

Cette skieuse grande et incroyablement en forme m'a donné un petit picotement à chaque fois que j'entrais dans mon cours de danse.

Et habillée comme elle était dans son justaucorps serré, elle a affaibli mes genoux.

La seule déception était qu'elle était toujours accompagnée de cet idiot de son mari.

Alors que Stella, c'était son nom, elle était gentiment timide, il y avait aussi une lueur érotique très perceptible, du moins c'était ce que cela semblait.

De plus, il y avait quelque chose dans sa façon de bouger.

Stella, une danseuse naturelle, avait la grâce physique d'une chatte bien stylisée.

Une blonde fraîche avec de grands yeux noisette, elle avait les taches de rousseur les plus mignonnes qu'elle ait jamais vues sur son visage.

Je pense que je n'aurais pas été attiré et intrigué par elle partout où je l'avais vue, mais dans un cours de danse, tout ressort.

Des femmes vêtues de leggings ou de collants, le corps couvert de l'éclat de la sueur qui vient d'une danse vigoureuse.

Pour beaucoup, tout l'environnement sent le sexe.

Bien que j'apprécie un homme séduisant, un corps masculin bien sculpté, en forme et élégant, ces corps ne signifiaient rien pour moi, sexuellement parlant.

Mais c'était une histoire complètement différente avec mes élèves.

C'est quand j'ai commencé à enseigner des cours avancés de danse moderne et de ballet que voir toutes ces femmes en forme et attirantes m'a rendu de plus en plus excité, de plus en plus promiscuité.

Je choisirais une ou deux beautés de ma classe et je fantasmerais à leur sujet.

Et peu de femmes ont remué dans ma tête des fantasmes fébriles et érotiques plus que la charmante et sexy Stella.

J'ai commencé à rêver à cette grande, jeune femme athlétique.

Avec sa taille fine, avec son ventre dur de la planche à repasser, avec ses beaux seins et ses jambes, elle les regardait toujours quand elle allait se changer.

Et quand je l'ai vue une fois nue dans le vestiaire après le bain, ma tête a presque littéralement commencé à tourner.

J'étais tellement éxcité.

CHAPITRE 2

Et un soir, Stella est venue en classe seule, sans son mari.

J'étais nerveux, même si je ne savais pas trop pourquoi.

J'avais bavardé un peu avec elle, mais il n'y avait jamais eu de signe qu'elle pouvait être plus qu'un objet fantastique pour moi.

C'était quand même génial de la voir là-bas sans son conjoint.

"Salut," dis-je dans le vestiaire quand je la vis sécher après la douche.

Naturellement, la voyant dans cet état, je devais me contenir.

«Où est votre mari ce soir?

"Oh, il a dû partir en voyage, car il sauvegarde certaines stations de ski", a-t-il déclaré.

Elle m'a regardé comme si elle voulait dire autre chose.

"Je peux te demander quelque chose?" dit-elle enfin. «J'espère que je ne suis pas présomptueux, et que tu ne te fâches pas. Je suis peut-être en train d'inventer tout ça. Mais j'ai remarqué que tu me regardais. Et tu me regardais d'une - euh - d'une manière spéciale. Si je ne fais qu'inventer, je suis désolé beaucoup. Mais j'ai pensé que je devrais demander ... "

Elle baissa les yeux timidement, ayant du mal à continuer.

"Continuez," ai-je insisté.

"Eh bien, je me demandais si vous l'étiez peut-être, oh c'est si difficile pour moi de dire ça, je me demandais si peut-être vous étiez attiré par les femmes."

J'ai pris une profonde inspiration, me demandant comment répondre.

J'étais un peu surpris qu'elle ait remarqué cela en moi, sentant qu'il y avait quelque chose de sexuel dans la façon dont il la regardait.

Même si j'ai souvent ressenti cela pour certaines femmes de la classe, j'ai fait de mon mieux pour ne pas le révéler, rester professionnel et ne pas agir comme si elles faisaient une passe, pour moi ou quelque chose comme ça.

Mais elle était également ravie que tout cela sorte.

"Eh bien, je suis vraiment attiré par les femmes," avouai-je.

«Vous n'êtes pas gay, n'est-ce pas? elle a demandé.

"Je suis gay," lui dis-je sans détour.

«Et avez-vous pensé à ces choses vous-même? Ai-je demandé, essayant d'être discret, mais en m'assurant que cette conversation se déroulait dans la direction que je voulais. "Avez-vous une attirance sexuelle pour les femmes?"

"Eh bien, comme vous pouvez le voir, je suis marié et je suis hétéro et tout ça. Mais j'ai toujours voulu essayer d'être intime avec une femme et voir de quoi il s'agissait."

Elle n'aurait pas pu être plus franche, un regard nostalgique sur son visage.

«Pensez-vous que vous pourriez m'apprendre? Après tout, vous êtes mon professeur de danse, peut-être pouvez-vous m'enseigner un autre type d'activité physique vigoureuse, comment puis-je le dire?

Elle prit une profonde inspiration.

Je pense qu'elle était surprise d'elle-même de pouvoir être aussi franche, presque effrontée qu'elle l'était.

"Peut-être que je peux," dis-je alors que nous nous regardions hardiment.

Il parlait de rêves devenus réalité!

Bien sûr, la chose la plus surprenante dans tout cela était que nous avions cette conversation alors qu'elle était nue.

Je suis allée lui rendre visite dans le vestiaire juste après qu'elle se soit douchée et qu'elle se sèche.

Et c'était dans cet état qu'il se trouvait lorsqu'il m'a parlé de la possibilité que je lui fasse découvrir les joies du sexe féminin.

Maintenant, regardant autour de moi pour m'assurer qu'il n'y avait pas d'autres femmes en vue, je glissai ma main entre les jambes de Stella et la serrai doucement.

Elle ferma les yeux et soupira en ressentant cela.

«Je vais te faire te sentir très, très bien, Stella,» murmurai-je. "Ça, je peux le promettre."

"Oh, je l'espère vraiment!" dit-elle avec nostalgie, tendresse et anticipation dans sa voix.

"Je le ferai," lui dis-je en me penchant pour lui donner un doux baiser.

«Vous savez, nous pouvons aller chez moi», dit-elle, «comme je vous l'ai dit, mon mari est hors de la ville».

«J'adorerais venir chez toi avec toi. Mais laisse-moi d'abord entrer et prendre une douche. C'était un travail difficile ce soir. Tu es déjà belle et propre, mais je suis toujours tout collant et en sueur.

«Oh s'il te plait reste comme ça, comme tu es,» dit-il en me tirant le bras. «J'aimerais que tu restes comme tu es. Quand tu enseignes, je te vois transpirer et je vois les taches sous tes bras et le film de sueur sur ton dos quand tu te retournes. D'une manière ou d'une autre, voir comment tu aimes tout ça Je suis très excité. "

Si jolie que Stella était et j'avais un peu un fétiche pour ma sueur.

Hmmmmm?

J'ai commencé à avoir des espoirs à son sujet.

"Très bien," dis-je. "J'irai avec toutes les odeurs agréables, en sueur et".

CHAPITRE 3

Au moment où nous sommes entrés chez elle, elle était déjà sur moi.

Comme ce serait sa première fois avec une femme, je m'attendais à ce qu'il hésite un peu.

Mais ce n'était pas du tout vrai.

J'étais déjà enflammée d'un désir apparemment insatiable au moment où nous avons franchi la porte.

Elle me serra si fort dans ses bras et m'embrassa si intensément, ses lèvres entrouvertes, sa langue se jetant dans ma bouche, que je pensai que cela me couperait le souffle.

Et la façon dont il me regardait dans les yeux quand il me serrait dans ses bras, s'abandonnant à moi, c'était comme s'il avait besoin d'affection autant qu'autre chose.

Je connaissais ce sentiment.

Je lui ai pris la main et lui ai demandé de m'emmener dans sa chambre.

Là, nous avons rapidement enlevé nos vêtements, tous les deux essoufflés d'excitation.

Ses yeux noisette palpitaient, pétillaient de désir.

Je la poussai doucement sur le lit, puis me pelotonnai à côté d'elle.

Encore une fois, nous nous embrassons profondément, tendrement, nos mains glissant doucement sur le corps de l'autre.

Il écarta largement ses jambes alors que mes doigts descendaient sur son ventre.

Elle était prête!

Quand j'ai touché sa chatte, j'ai remarqué qu'elle était déjà complètement mouillée là-bas.

"Je vais te faire te sentir si bien!" Lui ai-je chuchoté.

J'ai lentement porté mes lèvres sur son cou.

Elle avait une odeur très douce après la douche et sa peau était douce et soyeuse.

Quand mes lèvres se sont déplacées vers ses seins, elle a gémi si vivement que cela m'a presque brisé le cœur.

Elle avait de beaux seins et de petits tétons foncés, un étrange contraste avec sa peau pâle.

Je la tourmentais, embrassant et léchant lentement chaque centimètre carré de chacun de ses seins et suçant les deux mamelons.

Sa respiration était lourde maintenant alors que je pressais ma tête contre ses seins.

"Oui oui!" murmura-t-elle, les yeux fermés, le visage dans une grimace qui ressemblait presque à de la douleur, mais qu'elle savait être le besoin intense d'être satisfaite, submergée par l'affection et les joies des plaisirs nouveaux.

Mes lèvres se sont déplacées plus bas pendant que je léchais son nombril, puis plus loin quand j'ai senti les boucles de ses poils pubiens contre mes lèvres.

"Ohhh!" elle haleta de manière incontrôlable.

Maintenant, il était entre ses jambes, regardant sa chatte.

Elle avait aussi une jolie petite chatte aux lèvres parfaitement gravées.

Et dans la fente se trouvait son clitoris, brillant et rond comme un pois sucré.

J'ai embrassé ce pois sensible très doucement et quand je l'ai fait, tout son corps a tremblé.

"Oh oui oui!" murmura-t-il, ses souhaits étaient enfin exaucés.

J'ai joué avec elle maintenant.

Je l'ai dévoré, je l'ai consommé!

Il pressait sauvagement son bassin contre ma langue curieuse, la suppliant!

Désespéré!

"Oh ... c'est si bon ... et c'est si bon!" Elle haleta.

J'ai montré ma maîtrise de la langue cunnilingue jusqu'à ce qu'elle explose littéralement sous les caresses de mes lèvres et de ma langue, dans un orgasme brûlant qui la submerge et la dévore.

CHAPITRE 4

Je suis retourné vers son visage et nous nous sommes embrassés, Stella savourant l'humidité de sa propre chatte sur mes lèvres.

"C'était incroyable. Je ne me suis jamais sentie aussi bien, jamais!" Dit-elle, secouant la tête avec étonnement, les yeux écarquillés en reconnaissant qu'elle avait été portée à un nouveau niveau de plaisir.

Son mari avait l'air si robuste et si masculin.

Mais ces gars vaniteux et égoïstes sont souvent de mauvais amants.

Comme beaucoup d'autres femmes très attirantes, Stella a peut-être éprouvé beaucoup moins de plaisir dans sa vie sexuelle que ce à quoi on pourrait s'attendre simplement à cause de sa beauté et de son sex-appeal évident.

"C'était bien, tu te sentais si bien," lui dis-je en l'embrassant.

Ses lèvres s'entrouvrirent alors qu'il touchait les miennes, nos langues se cherchant, notre souffle doux, chaud et intime.

"Maintenant, je veux te faire l'amour," dit-elle avec enthousiasme.

Les femmes hétérosexuelles le font pour la première fois avec d'autres femmes, c'est ce qu'elles espèrent vraiment.

Habituellement, les hommes ont beaucoup mangé ses chattes.

Mais ce qui les intéresse intensément, c'est de goûter la chatte d'une autre femme.

Comme il m'avait supplié, il s'était abstenu de prendre une douche et tout mon corps était encore gluant de sueur.

Normalement, cela m'aurait fait me sentir un peu gêné dans une situation aussi intime, surtout avec un nouvel amant, mais c'est ainsi que Stella me voulait, trempée de sueur, puante et non lavée.

Maintenant, elle m'a surpris en levant le bras et en me léchant là, là où c'était particulièrement humide et salé.

C'était la première fois.

Personne ne m'avait léché l'aisselle auparavant, tout en sueur et puant.

Elle m'a vraiment sucé là-bas, avide du goût de ma sueur.

Quand il l'a bien lavé, il a abaissé son bras, s'est déplacé vers l'autre.

Alors maintenant, il fit courir sa langue sur tout mon corps, m'embrassant et me léchant avec une passion crue et affamée qui fut pour moi une véritable révélation.

Je pensais que je commençais à comprendre quelque chose sur elle.

Le premier signe était sa timidité, la façon dont il me regardait humblement quand il me demandait quelque chose.

Et puis ce regard nostalgique, presque soumis dans ses yeux.

Et me demandant de ne pas prendre de douche, de rester en sueur et sale.

J'en savais suffisamment sur les différents types de goûts pervers en matière de sexe et d'intimité pour savoir qu'il s'agissait de signes d'un comportement de soumission sexuelle, de vouloir «adorer» le corps d'un amant.

C'était la première fois pour moi, non seulement d'être avec un amant passif comme celui-ci, mais aussi pour qu'elle soit une belle femme qui aime le sexe avec une autre femme pour la première fois.

Il n'avait jamais été avec une femme qui n'avait jamais eu de relations sexuelles avec une autre femme.

Il a glissé sa langue le long de mes jambes jusqu'à ce qu'il atteigne le pied.

Puis il prit une profonde inspiration et consuma chaque centimètre carré de mes pieds, léchant la plante de mes pieds, suçant chacun de mes doigts.

Et puis finalement il a écarté mes jambes et a mis son visage entre elles, sur le point de me lécher.

Mais je l'ai arrêtée.

"Tu sais où je suis vraiment en sueur et collante?" Je lui demande.

"Nulle part?" dit-elle en haletant doucement, suscitant la servitude dans ses yeux.

"Juste là," lui dis-je, tournant mon ventre et pointant entre mes fesses. "Juste ici".

"Oh mon Dieu!" haleta-t-elle en réalisant ce que je lui offrais... mon cul.

«Entrez et profitez-en», dis-je en m'ouvrant à elle.

J'avais hâte d'enfouir son visage dans la fente humide entre mes fesses, léchant ce pli saumâtre chaud, ses joues douces frottant contre mes fesses collantes.

«Demandez-moi de le faire», supplia-t-il. "Forcez-moi à le faire."

C'était donc vrai, il y avait un côté soumis à Stella.

"Lèche mes fesses!" J'ai crié "Lèche-le! Lèche mon anus en sueur, salope! Montre-moi combien tu l'aimes petite salope!"

Je tendis la main pour presser son visage entre mes fesses alors qu'il sondait avec sa langue.

«Je suis tout en sueur à cause de toutes ces danses vigoureuses et vous léchez et aimez ça, non? M'a dit.

"Oui, oui ..." dit-elle.

"Si ce?" J'ai demandé.

«Ouais, j'adore lécher ton... tu...» elle hésita, incapable de faire sortir les mots.

"Mon anus en sueur!" M'a dit.

"Ouais ouais ... ton cul! Ton trou ... en sueur ... euh ..." haleta-t-il, revenant vers elle.

Seulement, elle a utilisé le mot «trou», et elle l'a dit tellement excité que cela m'a dit quelque chose.

Je pensais qu'elle allait essayer autre chose maintenant, alors je l'ai repoussée et m'assis sur le bord du lit.

«Mets-toi à genoux et les mains sur le sol maintenant, salope! j'ai crié.

Elle s'est agenouillée avec empressement en me montrant son cul.

Je baissai les yeux sur son délicieux cul, la peau tendue sur ses fesses fermes.

"Tu es une méchante fille, n'est-ce pas? Je supplie de lécher mes pieds moites et mon cul salé" J'ai ri.

"Oui, oui, je suis désagréable, je suis mauvais!" dit-elle en se tournant pour me regarder avec un regard doux mais profondément désireux.

"Les mauvaises filles doivent être punies," dis-je en abaissant ma paume sur ses fesses et en commençant à lui donner une fessée.

"Oh ouais oh ouais!" dit-elle, incapable de contenir son émotion face à l'accomplissement d'un fantasme évident.

J'ai été surpris par ce qu'il faisait: donner une fessée aux fesses parfaites d'une belle jeune femme qui était à genoux.

La route de l'infidélité peut mener à toutes sortes de rebondissements, vous devez avoir pensé.

Après que ses deux fesses aient été joliment roses, je suis retournée me coucher et j'ai écarté les jambes.

"Maintenant tu peux me lécher la chatte," dis-je en le montrant du doigt. "Ici, c'est à vous de m'adorer maintenant."

Il la regarda comme si c'était la plus belle chose qu'il ait jamais vue.

Ce qui, à l'époque, aurait tout aussi bien pu l'être.

Comme je l'ai mentionné, j'ai un enchevêtrement dense et épais de poils pubiens entre mes jambes, donc naturellement lorsque je danse et transpire, mon buisson pubien agit presque comme une éponge, absorbant la transpiration.

Et, avec mon excitation intense ajoutée à cela, je me suis trempé là-bas comme je ne pense pas l'avoir jamais été auparavant.

"Vas-y, suce la sueur de mes cheveux," lui dis-je, en appuyant fermement sa tête.

Il prit des parties de mes poils pubiens entre ses lèvres et les suça comme s'il suçait le jus d'une mangue.

Puis il a creusé plus profondément, léchant ma chatte en sueur et excitée.

Elle était crue et maladroite et un peu inégale dans ses mouvements.

C'était en partie l'excitation, et en partie c'était juste qu'elle était novice dans ce qu'elle faisait.

Mais il y avait quelque chose d'excitant dans la façon maladroite dont il me léchait là-bas et c'est, plus que sa technique, ce qui m'excitait tant maintenant.

J'étais presque hors de contrôle en léchant ma chatte.

C'était comme s'il voulait s'y perdre, enfouir son visage dans toute cette viande mouillée ... salée ... y rester pour toujours.

Je la laisse se délecter de mon humidité jusqu'à ce que, finalement, plusieurs minutes plus tard, je ressente cette poussée de plaisir électrique quand elle m'a enfin atteint.

"Comment c'était? Est-ce que j'ai bien fait?" elle a demandé.

"Stella allait bien," dis-je.

"Non, ce n'était pas le cas. Je n'ai jamais fait ça, je ne sais toujours pas comment," insista-t-il.

Je lui caresse doucement les cheveux.

"Tu allais bien, Stella. C'est comme tu l'as dit, tu es nouvelle. Mais tu m'as fait avoir un orgasme. Ça ne te dit pas quelque chose?"

"Est-ce que tu ... seras-tu mon professeur de relations sexuelles avec des femmes?" Il a demandé avec des yeux suppliants.

"Bien sûr Stella, je serai votre professeur," dis-je d'un ton rassurant.

"Oh mon Dieu!" dit-elle comme une fille. "Maintenant, je ne vais pas simplement prendre des cours de danse avec toi."

"Non, vous allez prendre un cunnilingus débutant, intermédiaire et avancé. Et quand j'en aurai fini avec vous, vous serez prêt à trouver vos propres débutants."

Un sourire de satisfaction lubrique apparut sur son visage.

"Maintenant, si vous voulez bien m'excuser, je dois utiliser la salle de bain."

Soudain, ses yeux s'illuminèrent.

"Sérieusement ?!"

"Oui, c'est vrai," dis-je, mais je ne pouvais pas m'empêcher de remarquer non seulement l'intérêt de Stella à entendre cette nouvelle prosaïque, mais son excitation.

"Euhmm, puis-je entrer avec vous et - et - regarder?" bégaya-t-elle.

« Tu veux me voir utiliser la salle de bain? J'ai sondé.

"Uh huh," murmura-t-elle, presque essoufflée par l'excitation nerveuse.

"Regarde moi faire pipi?"

"Oh oui."

Mais uriner n'était pas la seule chose à faire.

"Regarde comment je chie aussi?"

Ses yeux s'écarquillèrent; haleta-t-elle presque.

"Oh mon Dieu ouais!" Elle s'est exclamée.

CHAPITRE 5

J'ai joué une fois à des jeux de pipi avec une femme.

Mais c'était nouveau, c'était différent.

Mais pour une raison quelconque, cela m'a soudainement excité.

C'était peut-être juste Stella, cette belle jeune femme avec ses étranges convoitises.

Ou peut-être qu'un nouveau désir que je n'avais jamais imaginé se déchaînait en moi.

«Où est ta salle de bain? J'ai demandé, et je l'ai suivie là-bas, Stella était tellement excitée que je pouvais l'entendre respirer devant moi.

J'ai laissé tomber mon cul nu sexy sur le siège des toilettes et j'ai écarté mes jambes de manière provocante alors que Stella s'agenouillait, les yeux écarquillés, sans cligner des yeux.

"Que veux-tu me voir faire maintenant?" Ronronnai-je moqueusement.

"Pipi," murmura-t-il. Je pensais pouvoir entendre son cœur battre.

«Comme ça», dis-je, quand j'ai commencé à uriner, un courant puissant est sorti de mon trou pendant que je gardais les lèvres entrouvertes pour avoir une vue parfaite.

"Oh mon Dieu!" haleta-t-elle, presque tremblante, et je savais que c'était un rêve devenu réalité pour elle.

Il allait probablement de tels fétiches, léchant la chatte et le cul en sueur d'une autre femme, se soumettant à la discipline d'une autre femme, et maintenant ils révélèrent soudain le désir d'aller aux toilettes.

"Je peux le sentir?" Demanda-t-il, me regardant d'un regard suppliant et impatient, tendant la main, voulant la baisser sous mon flux, sous le jet d'or de l'urine.

"Bien sûr," dis-je calmement, le permettant.

Il glissa une main dessous, paume vers le haut, et faisait maintenant pipi sur ses doigts.

Il prit cette main en coupe, prit mon urine et l'amena volontiers à sa bouche.

"Stella," dis-je, baissant ma main et passant une main derrière sa tête, la rapprochant, "vas-y et bois-la directement à la fontaine."

Les yeux brillants d'excitation haletante, il ouvrit la bouche juste en dessous de ma fente alors que j'urinais entre ses lèvres, avide de nectar.

«Vous aimez mon urine, n'est-ce pas?

Elle hocha la tête, buvant, regardant le pipi sortir du coin de ses lèvres.

Je voulais vraiment accumuler.

En fait, quand nous sommes entrés dans sa maison, j'avais l'intention d'utiliser la salle de bain, de faire pipi et de chier, puis de lui demander peut-être à nouveau que je voulais prendre une douche avant d'entrer dans quelque chose.

Mais Stella ne me laissait rien faire de ça en me mettant les mains impatientes dès notre entrée.

Enfin le ruisseau est devenu un filet.

"Et maintenant je pense que tu sais quoi faire ensuite," dis-je à moitié en plaisantant.

"Euh ouais," dit-elle, toujours essoufflée, avalant, "Merde, merde!"

"Oui merde, Stella, merde juste pour toi!"

Je pouvais sentir à quel point j'étais plein à l'intérieur et j'étais bien prêt à partir, quand Stella m'arrêta avec un regard suppliant et une main sur ma cuisse.

Voudriez-vous, pourriez-vous vous retourner dans le siège des toilettes pour que je puisse le voir sortir? Elle a demandé, avec une expression presque peinée sur son visage.

Tout cela était très étrange, mais soudain assez attrayant.

J'ai toujours été une femme expérimentale, décomplexée, avec un goût pour l'étrange.

"Bien sûr, pas de problème," dis-je, soulevant mes fesses du siège des toilettes, me tournant et me chevauchant en sens inverse, dos à Stella.

Et sachant que je voulais particulièrement le voir, je n'ai pas abaissé mes fesses sur le siège des toilettes pour m'asseoir dessus, mais plutôt accroupi sur les toilettes avec mon anus encore en sueur (et bien léché) vivement et entièrement exposé à sa vue.

Je n'avais jamais été particulièrement timide à utiliser une salle de bain devant une autre fille, peut-être parce que quand j'étais jeune, mes parents ont vécu en France pendant quelques années et m'ont envoyé dans un internat où les filles utilisaient les toilettes publiques.

Mais je n'ai jamais foiré le visage d'une autre femme à quelques centimètres de mon anus auparavant, regardant droit devant moi!

"Voilà," dis-je, un peu surpris de tout cela, de ce que j'allais faire.

Et puis j'ai commencé à éjecter ce que je pouvais ressentir comme un très gros cairn de merde.

Ce serait un de ces cairns de merde.

J'étais content et j'avais le sentiment que Stella, agenouillée derrière moi et regardant, était également heureuse.

Quand mon anus s'est dilaté et que la merde a commencé à sortir, et que le marron s'est montré vivement, Stella a juste haleté d'étonnement, comme si elle regardait soudainement une merveille de la nature.

Et peut-être que pour elle ma merde était ça.

"Tellement beau," murmura-t-il, la tendresse dans sa voix alors qu'il souriait.

« Tu penses que ma merde est belle? Dis-je en chiant encore.

"Oh oui!" dit-elle avec enthousiasme, "Ça m'excite beaucoup de la voir, de la voir sortir de ton cul, de te voir porter de la merde. Euh, est-ce que je peux la toucher?"

"Tu veux toucher ma merde," dis-je avec étonnement, la longue bûche sortait.

"Oui, oui, je veux la toucher."

"Eh bien, vas-y, touche-la alors," lui dis-je.

Je pouvais me regarder dans un miroir qu'elle avait adossé au mur et y voir à côté de moi.

J'ai vu Stella derrière moi, étirant provisoirement ses doigts, j'ai vu le tronc brun émerger de mon derrière, étonné de voir à quel point elle était grande et vive sous cet angle.

Et puis Stella le touchait, glissant lentement le bout de ses doigts de haut en bas le long du grand cairn brun gras.

Elle n'a rien dit.

Mais ses yeux étaient écarquillés, hypnotisés.

"Tu ... tu penses que je pourrais le lécher aussi?" »elle a demandé presque suppliant, sa voix craquant.

Je venais d'ouvrir la bouche pour prélever mon urine, donc je n'ai pas été complètement surpris par cette demande.

"Bien sûr Stella, vas-y et lèche-la, lèche ma merde," dis-je, osant dans ma voix, la poussant à continuer. "Vas-y, lèche ce cairn, chaud et frais sortant du four."

Excitée, elle pencha son visage plus près et tirait maintenant sa langue là où elle avait traîné ses doigts il y a quelques instants.

Et je pouvais aussi sentir cette langue alors qu'elle faisait le tour du bord dilaté de mon anus, là où la merde sortait.

Stella léchant son anus et la merde avec des scintillements impatients de sa langue.

Alors que je continuais à chier, elle n'arrêtait pas de me lécher la merde avec sa langue jusqu'à ce qu'elle ait enfin vidé mes intestins, pressant quelques étapes de plus après la première, Stella léchant goulûment chacun d'eux alors qu'ils me quittaient.

Il a même enroulé ses lèvres autour de la dernière quand je l'ai poussé, lui donnant une petite succion, comme si vous suçeriez un gode attaché à une fille.

Cette jeune femme, si timide au début et pourtant si excitée, s'est avérée être une femme très sale et je ne pouvais pas m'empêcher de m'en souvenir d'un air taquin.

«À genoux, en train de sucer ma merde, si seulement les autres pouvaient te voir.

"Oh mon Dieu! Ne dis même pas ça," haleta-t-elle, rougissant, puis gloussant comme une écolière légèrement coupable mais heureusement méchante qui partageait un secret avec une autre.

J'ai fini d'utiliser les toilettes, j'ai fini d'uriner et de chier, j'ai attrapé le rouleau de papier toilette.

Mais Stella a doucement attrapé mon poignet et m'a arrêté.

"Laisse-moi te lécher pour te nettoyer," dit-il, "je peux?"

"Bien sûr que tu peux," dis-je en me levant des toilettes alors que Stella, à genoux, prenait son beau temps.

Il a passé de nombreuses minutes à lécher pour nettoyer mon buisson pubien imbibé d'urine et ma chatte en sueur, puis mon anus brun collant.

Elle se leva enfin et me regarda, les yeux écarquillés, presque en transe, son visage en désordre comme celui d'une fille bâclée, mouillé par mon pipi et taché de brun par la merde.

Elle a même tiré la langue comme une écolière, timidement mais un peu obscène, me laissant voir qu'elle était couverte de brun à cause du nettoyage.

D'une manière ou d'une autre, elle avait l'air si tout à fait, délicieusement désirable, débridée et sage.

Une beauté charmante et heureuse dont la simple dépravation s'est déchaînée.

Cette expression sur son visage était inestimable, tout comme ses prochains mots, prononcés avec tant d'amour.

"Embrasse-moi, embrasse-moi s'il te plait ..."

Il me demandait de l'embrasser, de l'embrasser après qu'elle m'ait léché, léché l'urine de ma chatte et la merde de mon trou.

Puis-je, est-ce que je ferais ça?

Savourer mes propres déchets sur les lèvres de cette beauté, sur sa langue?

Je me considérais comme une femme très expérimentée, séduisante, sexualisée et décomplexée.

Mais c'était nouveau pour moi, c'était définitivement hors de l'ordinaire.

Mais maintenant, en regardant ces grands yeux noisette doux, ravis par ce regard tendre, aimant, anxieux, presque désespéré, je ne pouvais pas m'en empêcher.

Alors que j'enroulais mes bras autour d'elle, attirant son corps chaud et doux contre le mien, sentant ses seins contre les miens alors que je pressais mes lèvres contre les siennes et l'embrassais, embrassais Stella.

Je l'ai embrassée passionnément, j'ai ouvert la bouche, j'ai tourné la langue, j'ai goûté, j'ai goûté ce que j'avais excrété de mon corps, l'urine, la merde, ce que Stella désirait ardemment.

Partageant cette intimité profonde que partagent désormais deux femmes.

FIN

www.ingramcontent.com/pod-product-compliance
Lightning Source LLC
LaVergne TN
LVHW041212150826
845673LV00001B/369